長編小説

後妻の島

葉月奏太

竹書房文庫

目次

※この作品は竹書房文庫のために
書き下ろされたものです。

第一章　妖しい後妻

1

九條《くじよう》祐二《ゆうじ》は甲板で冷たい風に吹かれていた。

島を離れて一年ぶり、父の三回忌での帰郷だった。

とはいっても、ただ故人を偲《しの》ぶために帰るのではない。二十歳《はたち》になった祐二は、胸にある決意を秘めていた。

新潟の港から貨客船に乗船して、二時間ほどで本島に降り立った。さらに、そこから定期船に乗りこみ、生まれ故郷である離島を目指している。にぎやかだった貨客船とは異なり、定期船はがらがらだった。

それもそのはず、自然豊かな本島は観光で成りたっているが、離島はすっかり寂《さび》れていた。

雪が溶けて新緑が芽吹くと、本島は観光客で溢れ返る。港には「ようこそ」と書かれた横断幕がかかり、ガイドや旅館の人たちが小旗を振って歓迎した。冬は厳しい寒さに見舞われる本島は、春から夏にかけてが繁忙期《はんぼうき》だった。

ところが、祐二の故郷である離島の様子はまったく違っていた。

定期船は朝夕の一日二往復だけだ。しかも、少しでも海が時化《しけ》ると欠航になってしまう。手つかずの自然が残っているが、本島でも充分満喫できる。わざわざ一時間も小船に揺られて行く価値はなかった。

島民以外が定期船を利用することはほとんどない。今、船室にいるのは、詰め襟《えり》の学生服を着た少年が二人だけだ。なんとなく、顔を見られたくなくて、祐二はひとり甲板に立っていた。

(変わってないな……)

ふと思い出す。かつて祐二も、定期船で本島の高校に通っていた。

当時は離島に同学年の生徒がいなかった。ひとつ年上の幼なじみがいたので、いつも彼女といっしょに乗船した。

定期船の時間があるので放課後はゆっくりできない。野球部に入ったが、わずか二週間で辞めることになった。離島と本島では生活環境が違いすぎる。離島で生まれ育った祐二は、どうしても本島の高校に馴染《なじ》めなかった。

「くっ……」

奥歯をぎりっと噛《か》み、苦々しい思い出を日本海に打ち捨てる。今は過去に浸っているときではなかった。

本島を離れるほどに波が高くなる。すでに日が傾いており、空も海も物悲しい橙《だいだい》色に染まっていた。船首が海を切り裂き、煌《きら》めく波飛沫《なみしぶき》が次々と後方に流れていく。それを目で追いながら、逸《はや》る気持ちを懸命に抑えこんでいた。

（さすがに寒いな）

祐二は手摺《てす》りを強く摑《つか》み、両足をしっかり踏ん張った。

ジーパンにダンガリーシャツ、その上にカーキ色のブルゾンを羽織っている。四月になったとはいえ、定期船の甲板は冷えこんだ。それでも、今はこの懐かしい寒さを全身で感じていたかった。

振り返ると、すでに本島は見えなくなっていた。周囲には他の島も船も見当たらない。大海原を小さな定期船だけが進んでいた。

甲板から前方に視線を向けたとき、うっすらと島影が見えてきた。まさに絶海の孤島といった雰囲気だ。

沖《おき》ノ果島《はてじま》――北陸地方の沖、約百キロメートルの日本海に浮かぶ、周囲九キロメートルほどの小さな島である。かつて九條家の先祖が無人島を開拓して海底炭鉱を発見したことから、爆発的に人口が増えた場所だった。

現在の人口はおよそ三百五十人。以前は海底炭鉱で栄えたが、一九七七年に閉山してから急速に廃《すた》れていった。

現在の主な収入源は農業と漁業である。とはいっても、ほとんど自給自足に近い生活を余儀なくされており、本島や本州に出稼ぎに行く者が後を絶たない。年々高齢化が進み、若者の数は急速に減っていた。特筆すべきものがないことから、本州では存在すらほとんど忘れ去られた離島だった。

生まれ故郷の島に、亡《な》き父の姿が重なって見えた。

父、大悟《だいご》は厳格な人だった。曲がったことが嫌いで偏屈だったが、いつも島のことを考えており、島民たちに慕われていた。家族思いのやさしい一面も持ち合わせていた。それなのに、ある日を境に人が変わってしまった。

（すべては、あの女のせいだ）

島に重なっていた父親の姿がぼやけて、女の顔が浮かびあがってきた。

ダークブラウンの髪がふわりと肩にかかり、唇の端が微かに吊りあがっている。切れ長の瞳を光らせて、勝ち誇ったように祐二を見おろしていた。

(おまえだけは許さない……絶対に)

腹の底からどす黒い感情がこみあげる。

あの女は父を言いくるめて、まんまと九條家の後妻の座に収まった。謀略をめぐらせて父に接近したに違いないと祐二は踏んでいた。

もともと九條家は九州の炭鉱で財を成した家だった。海底炭鉱事業を軌道に乗せたことで認められて、島の統治もまかされた。以来、五十年以上も前から、九條家の者が沖ノ果島村の村長を無投票で務めてきた。

ずっと父の背中を見てきたので、その偉大さはわかっているつもりだ。

島の大部分の土地を九條家が所有しており、低価格で島民たちに貸している。少しでも皆の暮らしをよくするため、本島との様々な交渉も行ってきた。そういった長年の積み重ねがあり、島民たちから絶大な信頼を得てきたのだ。

祐二は九條家の次男として生まれた。

島の統治者の息子ということで、優遇されるのが当たり前の環境だった。子供のときから周囲は気を使っていた。島では家族以外に叱られたことはない。学校の先生も諭《さと》すようなことしか言わなかった。大人たちはお菓子をくれたり、遊び相手になってくれたり、とにかく誰もがやさしく接してくれた。

そんな生活に変化が生じたのは五年前、母親の真由美《まゆみ》が亡くなったことがきっかけだった。

本島に買い出しに行って交通事故に遭《あ》い、四十二歳の若さで命を落としたのだ。中学三年生だった祐二は、現実を受け入れられなかった。ショックのあまり高熱を出し、しばらく寝こんだ。

そのわずか一年後、父親が再婚した。

島で唯一の飲み屋で働いていた響子《きょうこ》を、子供たちにいっさい相談することなく後妻として迎えたのだ。

——今日からこの人が、おまえたちのお母さんだ。

唐突な父の言葉を、祐二は兄の貴久《たかひさ》といっしょに呆然と聞いていた。

母親がいないのは淋しかったが、継母《ままはは》などほしくなかった。きっと兄も同じ気持ちだったと思う。やさしかった母の代わりなど考えられなかった。

当時、大悟は四十八歳、響子は三十一歳。まさか十七も年下の女と再婚するとは思わなかった。

じつは母の生前から、父は響子と浮気をしていた。

母に買い物を頼まれて、醤油《しょうゆ》を買いに行ったときのことだ。漁師小屋の裏手で、父と響子が抱き合っているのを偶然目撃した。二人は貪《むさぼ》るような口づけを交わしており、唇の間で糸を引く唾液が夕日を浴びて光っていた。

二人が親密な関係なのはあきらかだった。

中学生ながら、誰にも知られてはならないと思い詰めた。母はもちろん、七つ年上の兄にも相談できず、祐二は重い十字架を背負いこんだ。

夫の浮気を母が気づいていないのがせめてもの救いだった。反発を覚えたが、家のなかでも絶対的な権力者だった父に盾突《たてつ》くことはできない。なにも言えないまま時は流れて、ついには響子と再婚してしまった。

(父さん、どうしてなんだよ?)

母をないがしろにする父に憤《いきどお》りを感じるとともに、響子への疑念が膨らんだ。

そもそも響子は島の人間ではない。本州から流れてきて飲み屋の手伝いをするうちに、いつしか居ついていたのだ。

とはいっても、閉鎖的な島民たちが余所者《よそもの》を簡単に受け入れるはずがない。当初は借金を作って逃げてきたとか、水商売の店で働いていて金を持ち逃げしたとか、悪い噂ばかりが流れていた。

ところが、九條家の一員になった途端、悪く言う者はいなくなった。これまで拒絶してきたのが嘘のように、あっさり受け入れた。九條家に気を使ったのだろうが、そんな島民たちの態度も解《げ》せなかった。

まだ若かった祐二に真相はわからない。とにかく、響子のいかにも商売女という感じが好きになれなかった。

それなのに、父はすっかり響子に入れあげていた。祐二にとっては赤の他人が、家のなかを闊歩《かつぽ》しているのだ。父はあの女の色香に惑わされて、変質したようにしか見えなかった。

そして、再婚から二年後の春――。

突然、父は病《やまい》に倒れた。食道に腫瘍《しゆよう》が発見されたときは手遅れで、あっという間に逝《い》ってしまった。

祐二が高校三年のときの出来事だ。反発してほとんど言葉を交わさなくなっていたが、心の支柱を失ったような衝撃を受けた。

九條家当主の座は、長男である貴久が継いだ。

貴久は生まれつき病弱で、大人になってからは一日の大半を横になって過ごすこともあった。妻の綾香《あやか》が献身的にサポートしていたが、いつしか響子が出しゃばってきた。綾香は物静かな性格で強く言えないところがあり、いつしか兄に代わって響子が九條家の実権を握ってしまった。

（最初から、これが目的だったんじゃないのか？）

ますます幅を利かせている義母を訝《いぶか》しんだ。しかし、祐二はまだ高校生だったこともあり、いっさい口出しできなかった。

そんな状態が一年もつづいた。ますます増長していく響子が見るに堪《た》えない。祐二はなにもかもが嫌になり、高校卒業と同時に島を飛び出した。

とにかく、実家から離れたかった。本州に渡り、新潟の缶詰工場で住みこみの仕事を見つけて働きはじめた。一応、兄夫婦には無事を伝えておいたほうがいいと思い、一度だけ手紙を出した。

朝から晩まで缶詰工場でくたくたになるまで働き、社員寮に戻って寝るという生活を送った。しかし、忘れたくても忘れられないことがある。頭の片隅には、常に実家のことがチラついていた。

（あの女を、このまま放っておくことはできない）

やはり九條家は兄が仕切るべきだ。

体の弱い兄を励まして、島をしっかり統治してほしいと進言するつもりだ。響子にも直接、勝手な振る舞いをやめるように言おうと思っていた。

そのために、仕事は六日間の休みをもらった。工場の主任には散々嫌みを言われたが、一年間こつこつ真面目に働いてきた実績がある。今回は父の三回忌ということで押し切った。

ノスタルジーに浸るつもりはない。九條家の人間として、現当主の弟として、強い使命感に燃えていた。

家を出て外で働きはじめたことで、それなりに自信がついていた。

2

木製の桟橋《さんばし》が近づいてきた。

観光客は皆無なので、本島のような出迎えはない。係留のロープを受け取る中年男が、ひとり突っ立っているだけだ。色褪《あ》せた水色のツナギ姿で、定期船が到着するのを待っていた。

(ついに帰ってきたんだ)

桟橋に降り立つと、複雑な思いが湧きあがった。響子に牛耳られているとはいえ、故郷に戻ってきたのだ。

そのとき、係留係の男と目が合った。彼は昔から港で働いているので顔だけは知っている。当然、男は九條家の次男の顔を覚えているだろう。係留係は目を見開いてなにか言いかけたが、結局、無言のまま視線を逸《そ》らした。

「お久しぶりです」

声をかけてみるが、やはり返事はない。男は聞こえない振りをして、黙々と係留ロープを束ねていた。

（やっぱりそうか……）

どうやら予想していたとおりになっているらしい。祐二はそれ以上なにも言わず、男の前を通り過ぎた。

島民は結束力が強い。閉鎖空間ならではの独特な仲間意識がある。だからこそ、島を捨てた者には冷たかった。誰かが扇動するわけではないが、裏切り者を許さない空気が自然と作りあげられるのだ。

それは九條家の人間に対しても同じらしい。裏を返せば、それだけ響子の力が増していると言えるのではないか。彼女が統治者のように振る舞っているからこそ、九條家の本筋の人間が蔑《ないがし》ろにされるのだろう。

島まで渡りきって振り返る。すると、夕日に染まった空と海をバックに、栈橋がシルエットになって浮かんでいた。

(父さん……)

胸にこみあげてくるものがあった。

小さいころ、よく父に連れられて釣りをした。栈橋の先端に並んで腰をおろし、釣り糸を垂れて魚がかかるのをじっと待つ。そのうち、祐二は飽きてしまい、父の逞《たくま》しい腕に寄りかかって居眠りしてしまう。

——そろそろ帰るぞ。今日も坊主だったな。

一匹も釣れないまま揺り起こされると夕方で、あたりは燃えるようなオレンジに染まっている。それでも、父と二人で釣りをするのが楽しかった。

そう、昔は父のことが大好きだったのだ。それなのに、あの女が来てから、すべてが変わってしまった。

思い出を振り払うように、ボストンバッグを片手に通りへ出た。

一年ぶりの景色だが、まったく変わっていない。目に映るものすべてが、まるで写真のように記憶のままだった。

村役場に小中学校、駐在所、診療所、下着から食品まで売っている雑貨屋、唯一の飲み屋もこの並びにある。民家は島のあちこちに点在しているが、物資が定期船で運ばれてくる関係で、店舗や施設は港の周辺に集中していた。とはいえ、夕暮れ時ということもあり人はまばらだった。

祐二はうつむき加減に歩きはじめた。できるだけ人に会いたくない。冷たい視線を向けられるのはわかりきっていた。

雑貨屋の前を通りかかったときだった。ちょうどドアが開いて、買い物袋をぶらさげた老夫婦が出てきた。

「あっ……」

短く声をあげたのは妻のほうだった。祐二に気づいて目を丸くしている。そして、夫に向かって目配せした。

二人は慌てた様子で視線を逸らし、そそくさと祐二の前から離れていく。ところが、ひそひそ話す声が潮風に乗って聞こえてきた。

「島を捨てた奴が、なにを今さら」

「ほんと、いやねぇ」

やはり島から出ていった祐二をよく思っていなかった。

以前とは確実に空気が変わっている。昔は九條家の次男ということで、誰もが丁重に扱ってくれた。いくら島を出たことが気に入らなくても、これほどあからさまな態度は取れなかったはずだ。九條家は代々島の盟主だ。それなのに、今は挨拶すらしてもらえなかった。

（こんなことになったのも、全部……）

またしても脳裏に響子の顔が浮かんだ。

マグマのような怒りを胸に、とにかく実家を目指して歩きはじめた。通りを抜けて緩やかな坂をあがると、銀黒の瓦《かわら》屋根が見えてくる。生け垣に囲まれた平屋の日本家屋が、祐二の生家だった。

港を見下ろせる絶好の立地で、島を統《す》べる者に相応《ふさわ》しい屋敷だ。

一年ぶりに九條家の敷地に足を踏み入れた。実家だというのに、他人の家を訪れたような緊張感がある。なんとか気持ちを落ち着かせようと、意識的に飛び石の上をゆっくり歩いた。

（いよいよだな）

玄関に辿《たど》り着き、引き戸に手を伸ばす。だが、開ける寸前で固まった。

まずは呼び鈴を鳴らすべきだろうか。生まれ育った家なのに、なぜかそんな考えが脳裏をよぎった。

余計なことを思ってしまうのには、もちろん理由がある。もうここはかつての実家ではない。本来なら兄が当主のはずなのに、義母の響子が君臨している。九條家はあの女に乗っ取られたも同然だった。

結局、呼び鈴を鳴らしてから、自らの手で引き戸を開けた。

「ただいま」

遠慮がちに声をかける。すると一拍置いて、奥から足音が近づいてきた。

「はーい」

聞き覚えのあるのんびりした返事に心が揺れる。どうやら祐二の声は届いていないらしい。呼び鈴の音が来客を知らせたのだ。

「まあ……」

玄関に現れたのは、やはり女中の宮下《みやした》千鶴《ちづる》だった。祐二の顔を見るなり、目を丸くして立ち尽くした。

焦《こ》げ茶のスカートを穿き、上半身には白い割烹着《かっぽうぎ》をつけている。三角巾で黒髪を覆《おお》っているのも、以前のままだった。

「ゆ、祐二さん……お帰りなさいませ」

なにしろ、突然の帰郷だ。千鶴が驚くのも無理はなかった。

だが、彼女が戸惑っている理由は他にもある。島を出ていった祐二に対して、いろいろ思うところがあるのだろう。それでも、九條家に仕えているだけあって、きちんと挨拶してくれた。

千鶴は三十歳の人妻だ。丘の麓《ふもと》にある家に住んでおり、毎日、坂を登ってやってくる通いの女中である。宮下家は代々九條家の女中を務めており、その役目を長女が担《にな》ってきた。長女は婿養子を迎えることで、女中の血を守りつづけている。千鶴の夫も婿養子で、現在は本州に出稼ぎに行っているはずだった。

「千鶴さん、ただいま」

あらためて挨拶すると、千鶴は少しほっとしたように、日焼けした頬を緩めてくれた。山菜採りや農作業があるので、彼女の肌は小麦色に焼けている。ふくよかな女体からは、いつも土とお日様の匂いがしていた。

「きっと帰ってきてくださると信じておりました」

千鶴が九條家の女中になったのは、高校を卒業してすぐだった。当初は先代の女中である母親といっしょだったが、一年ほどで独り立ちした。

祐二が八歳のときから、千鶴は身のまわりの世話をしている。ご飯を作るのも基本的に彼女だった。よく二人で山菜採りをしたし、時間があるときはかくれんぼをして遊んでくれた。もはや千鶴は家族のような存在だった。

「一年もどちらにいらっしゃったのですか？」

若干咎《とが》めるような口調になっている。でも、心配の裏返しだとわかるから、嫌な感じはしなかった。

「連絡せずにすみません。新潟で働いてました」

「新潟でお仕事を……そうだったのですか」

本当になにも聞かされていなかったのだろう。千鶴は子供の成長を確認するように、祐二の顔をまじまじと見つめてきた。

「とにかく、お元気そうでなによりです」

「三回忌だからね。顔を出さないわけにはいかないよ」

言葉にすることで、胸にずんと響くものがあった。

父が亡くなったことをあらためて実感し、同時にこのままではいけないという思いが強くなる。九條家のために、自分にできることをするつもりだった。

「天国の旦那さまも、きっとお喜びになると思います」

祐二の言葉に、千鶴は大きく頷《うなず》いた。

彼女の瞳にはうっすら涙が浮かんでいる。それを見たとき、帰ってきてよかったと心から思うことができた。

「長旅でお疲れでしょう。さあ、お荷物を」

「うん、ありがとう」

千鶴がボストンバッグを受け取ってくれる。祐二はスニーカーを脱ぐと、板の間にあがった。

「すぐにお茶を淹《い》れますから」

庭に面した廊下を進んで居間に向かう。芝は均等な長さに整えられており、池にはときおり波紋《はもん》が広がっている。父が愛した鯉《こい》が優雅に泳いでいるのだろう。

千鶴は居間にバッグを置くと、お茶の準備をすると言ってさがった。

六畳一間の社員寮で暮らしていたので、居間が無駄に広く思えてしまう。欅《けやき》の一枚板の座卓は、大人が十人ほど座れるサイズだ。これほど大きなものを置いても、部屋はまったく狭く感じなかった。

祐二は一服する前に、襖《ふすま》を開けて隣の仏間に移動した。

複雑な思いはあるが、亡き父に挨拶だけはしておくべきだろう。気のせいか、仏間はひんやりしている。仏壇の前に正座をして、蠟燭《ろうそく》に火を灯《とも》した。気持ちを落ち着かせて線香を立てると、お鈴《りん》を鳴らして手を合わせた。

(父さん、帰ってきたよ)

帰郷の報告だけに留めておく。

晩年、父の考えていることがわからなかった。

村長として統治者として、いつも島のことを最優先していた。島民たちに信頼されており、自分にも子供たちにも厳しい父だった。そんな父が、母の死後たった一年で響子と再婚したのだ。

真面目さ故、女の色香に惑わされてしまったのだろうか。

確かに、響子は島の女とは異なる独特の雰囲気を持っていた。妙に惹《ひ》きつけられるところがあるのは否定しない。だからといって、子供たちにいっさい相談せず、再婚を決めたのは許せなかった。

「祐二くん」

声をかけられて、はっと我に返る。開け放ったままの襖に顔を向けると、そこには兄嫁の綾香が立っていた。

「義姉《ねえ》さん……」

「お、お帰りなさい」

目尻が少しさがった綾香の両目に、見るみる涙が滲《にじ》んでいく。祐二も思わずもらい泣きしそうになり、ぐっと気持ちを抑えこんだ。

兄嫁は深緑のフレアスカートに白いブラウスを纏《まと》っていた。ストレートの黒髪が柔らかく肩にかかり、蛍光灯の明かりを反射している。ブラウスのボタンを一番上まできっちり留めて、まるで祈るように胸の前で両手を組んでいた。

「帰ってきてくれたのね、嬉しいわ」

懸命に涙をこらえる様子が、彼女の置かれた状況を表している。全身から悲壮感が滲んでおり、よほど切迫しているようだった。

「兄さんは?」

「今は横になってるの」

綾香は声のトーンを少し落としてつぶやいた。

兄の具合は相変わらずらしい。貴久は生まれつき心臓が悪かった。そのせいか疲れやすい体質で、とくに当主の座を継いでからはストレスもあり、寝こむことが多くなっていた。

綾香と貴久は高校時代の同級生だ。二人とも穏やかな性格で、ひと言で表現するなら似た者同士ということになる。ごく自然に惹かれ合い、すぐに交際がはじまったと聞いていた。

高校卒業後、貴久が意外な行動力を発揮して彼女を島に連れてきた。綾香は本島の生まれで、それまで沖ノ果島に来たことはなかったという。その後、すぐに結婚したので、二人は十八歳で結ばれたことになる。ずいぶん早かったなと思うが、沖ノ果島では十代での結婚はさほどめずらしいことではなかった。

あれから九年が経ち、綾香は二十七歳になっていた。

一年会わない間に、さらに眩《まばゆ》くなっている。目を合わせるのが恥ずかしくて、祐二は顔が熱くなるのを感じていた。

(あのときも、こんな感じだったな……)

彼女がこの家に来たときのことを思い出す。

――綾香です。よろしくお願いします。

まだ十一歳だった祐二にも、彼女は丁寧に挨拶してくれた。目が合った瞬間、胸を射貫かれたような錯覚に陥《おちい》った。やさしい彼女が義姉になってくれる嬉しさと照れ臭さで、弾《はじ》かれたようにその場から逃げ出した。

後で父にこっぴどく叱られたのを覚えている。まともに挨拶もできないのかと、拳《げん》骨《こつ》を落とされた。

（でも、今度は逃げないよ）

祐二は力をこめて、兄嫁の瞳を見つめ返した。

今回、帰郷のきっかけをくれたのは綾香だった。じつは、二週間ほど前、缶詰工場の社員寮に電話がかかってきたのだ。

『もしもし、綾香です。突然ごめんなさい』

受話器から聞こえてきたのは、か細い兄嫁の声だった。

「ね、義姉さん？」

一度だけ手紙を出したが、もうずいぶん前のことだ。電話や手紙が来ると嫌なので、働いている場所はあえて書かなかった。

「どうして、ここがわかったの？」

『どうしても連絡を取りたくて……』

わざわざ興信所を使って調べてもらったという。時期からして、だいたい話の内容は予想がついた。

『祐二くん、元気なの？　病気はしてない？』

「うん、大丈夫……」

これが義母からの電話だったら、すぐに切っていただろう。しかし、兄嫁の元気のない声が気になった。

家の状況をそれとなく聞くと、やはり体調不良の兄に成り代わり、響子が我が物顔で振る舞っているようだった。

『忙しいとは思うけど、お義父《とう》さんの三回忌、なんとか戻れないかしら』

「三回忌か……」

ずっと頭の片隅では考えていたことだ。しかし、自分勝手に飛び出しておいて、戻りづらいという状況もあった。

『貴久さんも、帰ってくるように伝えてくれって』

「兄さんが？」

『怒ってないから大丈夫よ。祐二くんのこと、心配してるわ。ね、少しだけでもいいの、お願いだから帰ってきて』

兄嫁に懇願されると心が揺れた。

その電話が決め手となり、一年ぶりに帰郷することになった。彼女が背中を押してくれたのだ。

(俺がなんとかしないと)

兄嫁の弱々しい声を聞いていると、そんな使命感も沸きあがった。

響子の好き勝手にはさせない。これまでの伝統に則《のっと》り、島の実権は九條家の当主である兄が握るべきだ。穏やかな性格で人の気持ちがわかる貴久こそ、統治者として相応しいと信じていた。

「貴久さんに……お兄さんに会ってあげて」

綾香が掠《かす》れた声で語りかけてくる。祐二が頷くと、さっそく夫婦の寝室に向かうことになった。

「わたしひとりでは、どうにもならなくて……でも、祐二くんが帰ってきてくれて心強いわ」

前を歩いている綾香が、小声でつぶやいた。

兄嫁の背中が思いのほか小さく感じた。響子がでしゃばるなか、綾香は当主の嫁として、ひとりでがんばってきたのだろう。今さらながら、嫌になって逃げ出したことを申しわけなく思った。

「貴久さん、祐二くんが帰ってきました」

綾香は襖を開けると、部屋のなかに向かって声をかけた。

「ん……祐二か」

奥からくぐもった声が聞こえてくる。貴久は眠っていたらしい。それでも、体を起こす気配がした。

「祐二くん」

兄嫁に目配せされて、緊張気味に寝室へ入っていく。十畳の和室の中央に布団が敷かれていた。

「よく帰ってきてくれたな」

記憶していたのと同じ声だった。浴衣《ゆかた》姿の貴久が上半身を起こして座っており、すべてを包みこむような笑みを浮かべていた。

「兄さん……ごめん」

祐二は布団のかたわらに正座すると、思わず下唇を強く噛んだ。そうでもしなければ、涙が溢れそうだった。

「元気そうじゃないか」

「うん、兄さんも」

一年ぶりに見る兄の顔は青白いが、とくにやつれた感じはない。特別、体調が悪化しているわけではないようだ。

「まあ、俺はいつものとおりだ。きっと帰ってきてくれると思ってたよ。祐二、ありがとうな」

貴久が手を握ってくる。血行が悪いのかやけに冷たいが、心の温かさはしっかり伝わってきた。

こんな自分に「ありがとう」と言ってくれる。そんな兄の気持ちが嬉しくて、胸の奥が熱くなった。

「俺……俺さ……」

心から謝りたいのに、すっと言葉が出てこない。まだ解決しなければならない大きな問題があった。

「あら、こんなところにいたの」

突然、廊下から声が聞こえてきた。

反射的に振り返ると、ちょうど響子が部屋に入ってくるところだった。途端に部屋の空気が張り詰めた。

「祐二さん、お帰りなさい」

三十五歳の熟れた女体を包んでいるのは、淡い藤色の地に桜の花を上品に散らした袷《あわせ》の着物だ。黒髪を結いあげており、切れ長の涼しげな瞳でまっすぐ見つめながら歩いてくる。綾香と貴久の寝室にもかかわらず、お構いなしに迫ってきた。

父を誑《たぶら》かした魔性の女だ。

鼻筋がすっと通った都会的な顔立ちをしている。容姿が整っているだけに、澄ましていると冷たい印象が強かった。

背筋を凜《りん》と伸ばして、かたわらで立ち止まる。いったいどういうつもりなのか、顎をツンとあげて見おろしてきた。相変わらず威圧的で、近くにいるだけで神経が逆撫《さかな》でされた。

祐二は正座をした状態で、響子のことを見あげている。

着物なのでスタイルがわかりにくい。それでも、胸もとはふんわり盛りあがり、双《そう》臀《でん》の丸みも浮かんでいる。白い足袋《たび》のつま先が、畳を摑むように微かに内側に曲がっていた。

「響子……さん」

自分の声が硬くなるのがわかった。

この女のことは母親として認められない。意地でも「お義母《かあ》さん」と呼びたくなかった。

「ずっと待っていたのよ。祐二さんがこの島に戻ってくるのを」

響子は落ち着き払った様子で言うと、その場にすっと正座をした。

「よく帰ってきてくれました」

なぜか深々と頭をさげて、額を畳に擦りつける。義母の意外すぎる行動に、一瞬、呆気に取られてしまった。

助けを求めるように周囲を見まわすが、貴久も顔をこわばらせている。綾香にいたっては怯えきっており、完全に腰が引けていた。どうやら、二人とも義母の行動に驚いているようだ。

「あ、あの——」

「とにかく、お食事にしましょう」

恐るおそる声をかけると、響子はいきなり顔をあげてそう告げた。

人の話を聞く様子がないところは、以前とまったく変わっていない。それどころか、この一年で貫禄が備わったような気がした。

(なんなんだ、この人……)

祐二は圧倒されながらも、ますます反発心を強くしていた。やはり、この女の好きにさせてはいけない気がした。

3

夕食は居間で摂《と》った。

貴久は寝室で食べることが多いが、この日は祐二が帰郷したため、無理をして起きてきた。

「こんな格好で悪いな」

浴衣の上に半纏《はんてん》を羽織っている。青白い顔は相変わらずだが、祐二に向かって笑みを向けてきた。

綾香が隣に座り、体を気遣《きづか》っている。互いに大変だと思うが、長年連れ添ってきた夫婦の絆《きずな》が感じられた。

（綾香さんと兄さん、仲良くやってるんだな）

ほっとすると同時に、羨《うらや》ましくもあった。綾香のような淑《しと》やかでやさしい女性が世話を焼いてくれる。社員寮で孤独の一年間を過ごしてきた祐二の目には、そんな兄の姿が少し妬《ねた》ましく映った。

食事は千鶴が用意してくれた。

「祐二さんがお帰りになるとわかっていたら、ご馳走《ちそう》を用意したのですが」

彼女は皿を並べながら申しわけなさそうに告げるが、祐二にとっては充分ご馳走だった。島の近海で獲《と》れた真鯛《まだい》の塩焼きとワカメの味噌汁、裏山に自生しているタケノコの煮物、自家製の漬物に艶々《つやつや》光る白いご飯。湯気をたてた手料理を前にして心が躍った。

「すごくおいしそうだよ」

社員寮の不味《まず》いご飯を食べるたび、千鶴の料理を思い出していた。孤独はなんとか耐えられたが、食事が口に合わないのも相当つらかった。

「では、いただきます」

隣に座っている響子が、まるで主《あるじ》のように告げて箸《はし》を手にした。

着物姿のせいか妙な迫力がある。だが、義母の言動には違和感があった。普段、貴久は横になっているのかもしれない。それでも、今はこの場にいるのだから当主である兄が音頭を取るべきだろう。

「祐二、たくさん食べろよ」

ところが、貴久本人がまったく気にしている様子がない。いや、きっと気にはなっているのだろう、笑みが若干ひきつっている。それでも、病に伏せている負い目なのか、不満をおもてに出すことはなかった。

(兄さん……どうして、我慢してるんだよ)

九條家の当主なのだから、もっと堂々としてもいいのではないか。そう思う一方で、兄の気苦労もわかる気がした。

貴久はもともと繊細で気を使う性格だ。本来、兄がやるべき仕事を義母が代わりに行っているため、強く出ることができないのだろう。

(やっぱり、俺が言うしかないな)

祐二は兄と義母の顔を見やり、内心決意を新たにした。だが、父の三回忌があるので、いきなり事を荒立てるつもりはない。折を見て、それぞれ二人きりのときに話すつもりだった。

「いただきます」

ひとまず反発を押し留めて、千鶴の手料理をいただくことにした。

真鯛は塩加減が絶妙で、じつにおいしかった。ご飯がいくらでも食べられそうで、あっという間におかわりした。

「千鶴さん、すごくおいしいよ。ありがとう」

「まあ、祐二さん……」

千鶴はお櫃《ひつ》からご飯をよそいながら、さも嬉しそうに目を細めた。

「会わない間に、口が達者になったな」

貴久も口を挟んでくる。からかわれた気がして、ついむきになってしまう。

「本当にうまいから、うまいって言ったんだよ」

とっさに祐二が反論すると、千鶴が穏やかに笑った。

「祐二さんに褒めていただけるなんて、とっても嬉しかったです。こちらこそ、ありがとうございます」

彼女の言葉ではっとする。どうやら、祐二は褒めたことがなかったらしい。そう言われてみれば、毎日の食事に感謝することもなかった。黙っていても三食が出てくる生活を当たり前に思っていた。

「苦労したのね」

黙りこんだ祐二に、綾香が声をかけてくれる。

自分で働くようになって、実家での生活がどれだけ恵まれていたかわかった。だから、自然と感謝の言葉を口にしたのかもしれない。急に恥ずかしくなり、黙って味噌汁を飲み干した。

「缶詰工場のお仕事は大変なの？」

「うん、まあね」

兄嫁の質問に小さくうなずくが、すぐに「いや」と首を振った。

「でも、流れ作業だから、人と話す必要もないし」

人と関わりたくなかった祐二には合っていた。

「偉いわ。ちゃんと自分で生活していたんだもの」

「みんなやってることだよ」

素っ気なく答えるが、綾香に言われると気恥ずかしい。顔が熱くなるのを感じて、懸命に表情を引き締めた。

そのとき、微笑《ほほえ》んで見ていた貴久が軽く咳きこんだ。

「あなた……」

綾香が夫の背中に手をやった。そっと擦《さす》り、咳が収まったところで貴久がゆっくり立ちあがる。

「少し疲れたから、先に休ませてもらうよ」

「うん、無理しないでね」

祐二が声をかけると、兄は嬉しそうに頷いた。表情には疲労が滲んでいたが、それでも弟の帰郷を喜んでいるのがわかった。

綾香に付き添われて貴久が出ていくと、それまで黙っていた響子が口を開いた。

「祐二さんもお疲れでしょう。お風呂に入って、ゆっくり休むといいわ」

「では、そうさせてもらいます」

言いたいことは山ほどあるが、もう少し様子を見るつもりだ。九條家の名を借りた響子が、どれだけ傍若無人《ぼうじやくぶじん》に振る舞っているのか確認したかった。

「千鶴、お風呂の支度を」

響子は顎を軽くあげると、女中にきっぱり命じた。声の調子に躊躇《ちゅうちょ》がない。まるで支配者のように高飛車な態度だった。

「はい、奥さま」

千鶴が恭《うやうや》しく頭をさげる。そして、あらたまった様子で祐二に向き直った。先ほどとは打って変わり、感情を抑えた目になっていた。

「準備はできております。どうぞ、こちらへ」

千鶴につづいて居間をあとにする。いずれにせよ、三回忌の法要が終わるまでは大人しくしているつもりだった。

4

ひとりでゆっくり風呂に入るのは久しぶりだ。

木製の風呂椅子に腰をおろし、浴槽の湯を掬《すく》って肩にかける。熱めの湯が心地よくて、思わず唸《うな》り声を漏《も》らしていた。

総檜《ひのき》のゆったりした浴室で、心地よい香りはもちろん、木の柔らかな色合いも視覚的にリラックスさせてくれる。かけ湯をしただけだが、張り詰めていた気持ちが少しだけ楽になった。

社員寮の風呂場は古いタイル張りで、とにかくオンボロだった。長居する気が起きず、いつもシャワーだけで済ませていた。しかし、実家の風呂は千鶴がしっかり掃除をしているので清潔感があって気持ちがよかった。

シャワーの前に移動して風呂椅子に腰かける。壁に設置された鏡に、険しい表情をした自分の顔が映っていた。

まずは髪を洗おうと頭からシャワーを浴びる。全体をしっかり湿らせて湯をとめたとき、ドアの開く音が浴室に響き渡った。

「え……？」

はっとして振り返る。すると、入口に響子が立っていた。

なぜか裸体に白いバスタオル一枚を巻いただけの姿だ。豊かな白い乳房が寄せられて、深い谷間を形作っている。しかも、バスタオルの端が食いこみ、柔肉がプニュッとひしゃげていた。

「きょ、響子さん？」

とっさに太腿《ふともも》を閉じてペニスを隠すが、目を逸らすことはできなかった。

じつは、まだ女性経験が一度もない。童貞の祐二にとって、目の前の光景はあまりにも刺激が強すぎた。慌てて視線をさげれば、剝《む》き出しの太腿が視界に飛びこんでくる。バスタオルで股間を隠しているが、太腿は付け根近くまで露出していた。

「背中を流してあげるわ」

響子は微笑を浮かべながら歩み寄ってくる。祐二は思わず言葉を失い、義母の姿を見つめていた。

黒髪をアップにしているため、首筋から鎖骨《さこつ》にかけても露《あら》わになっている。歩を進めるたび、バスタオルの下で乳房が波打った。むっちりした太腿と、見えそうで見えない股間も気になってしまう。ふくらはぎはスラリとして臑《すね》には無駄毛がなく、足首はキュッと締まっていた。

「頭を洗うところだったのね」

響子が背後まで来てしゃがみこむ。祐二は懸命に視線を引き剝《は》がし、前を向いて固まった。

（どういうつもりなんだ？）

まったく予想外の事態が起きている。なにを考えているのか、義母が艶《なま》めかしい姿を晒《さら》しているのだ。嫌悪感すら抱いている相手だというのに、女体を気にしている自分が苛立《いらだ》たしかった。

「で、出てってくれよ」

懸命に声を絞りだしてきっぱり言い放つ。ところが、響子は動こうとしなかった。

「遠慮しなくていいのよ」

そう言うと、祐二の肩越しに手を伸ばし、鏡の下に置いてあるシャンプーのボトルをプッシュした。

「な、なにを……」

背中に柔らかいものが触れている。バスタオルに包まれた乳房が、ぴったり押し当てられているのだ。

「なにって、シャンプーを取ったのよ」

「そういうことじゃなくて――あっ！」

濡れた髪にシャンプーをつけられた。そのまま両手の指先を小刻みに動かして、瞬《また》く間に泡立てられてしまう。

「ちょっと、やめてくれよ！」

「目をつぶってないと、泡が入るわよ」

響子はまったく聞く耳を持たず、絶妙の力加減で頭皮を擦りあげる。わけがわからないうちに頭が泡で包まれた。しかも、シャンプーの量が多かったのか、鏡に映る自分の頭はキノコの笠のような状態だ。大量の泡が額に垂れてきて、目のなかに入ってしまった。

「痛っ……」

「ほら、目を閉じていなさい」

この女の言いなりになるのは腹立たしいが、今は目を閉じるしかない。すると、背中に触れている乳房の感触が、にわかにクローズアップされた。バスタオル越しとはいえ、双乳の柔らかさがしっかり伝わってくる。視覚が奪われたことで、触覚が格段にアップしていた。

「くっ……」

太腿の間に挟みこんだ男根がムズムズしている。相手は父を騙《だま》して九條家に入りこんだ義母だというのに、意志に反して股間が反応していた。

こうしている間も、泡の量はどんどん増えて、背中の方にも垂れていくのがわかった。響子のバスタオルにも付着したのだろう、押し当てられている乳房がヌルヌルと滑りはじめた。

（な、なにを……）

わざとやっているとしか思えない。頭を洗うのに、これほど密着する必要はないはずだ。父を誘惑して後妻に収まったような女だ。祐二が反抗的な態度を取るので、からかっているのかもしれない。

「痒《かゆ》いところはないかしら？」

何食わぬ様子で声をかけてくるが、あきらかに意識して乳房を擦りつけている。双乳で円を描くように、肩胛骨《けんこうこつ》の周辺を撫でていた。

「も、もういいよ」

祐二はぶっきらぼうに言い放った。

すでにペニスは屹立《きつりつ》している。太腿で挟んで誤魔化《ごまか》しているが、膝を開けば勢いよく跳ねあがってしまうだろう。これ以上、義母の好き勝手にさせるわけにはいかなかった。

「じゃあ、流すわね。少し下を向いて」

シャワーヘッドを手に取る気配がして、頭に湯がかけられた。片手ですすぎながら泡が洗い流されていった。

「どう、すっきりしたかしら？」

「ええ、まあ……」

礼を言う気にはならないが、思いのほかさっぱりしたのは事実だ。手で顔を拭《ぬぐ》って前を見ると、鏡に映った義母と視線がぶつかった。

「今度は背中ね」

またしても響子は肩越しに手を伸ばしてくる。ボディソープを手に取ると、有無を言わせず背中を洗いはじめた。

「ちょっと、もういいって」

反射的に身をよじるが、勃起したペニスを太腿の間に挟みこんでいる。派手に動くと飛び出してしまいそうで、思いきり抵抗できなかった。

「せっかくだもの、背中も洗ってあげるわ」

響子は手のひらをゆったり滑らせてくる。ボディソープが泡立ち、ヌルリ、ヌルリと妖《あや》しい感触がひろがった。

「うっ……自分で洗うから」

「自分だと届かないでしょ、こういうところとか」

指先で背筋を撫であげられて、くすぐったさに肩をすくめる。声が漏れそうになるのをこらえるが、彼女は爪の先が触れるか触れないかの微妙なタッチで執拗《しつよう》に背筋を刺激してきた。

「な、なにやって……うむっ」

「人に洗ってもらうほうが気持ちいいでしょう?」

響子が耳もとで囁《ささや》いてくる。唇が触れる直前まで近づけて、耳の穴に吐息を吹きこんできた。

「くぅっ……も、もう大丈夫だから」

終わらせようとするが、彼女は背中から手を離さない。指先は尻の方までさがってきて、風呂椅子からはみ出している臀裂の端に触れてきた。

「おうッ!」

途端にこらえきれない声が溢れだし、全身が小さく跳ねてしまう。その拍子に膝が開き、懸命に隠していたペニスが勢いよく飛び出した。

（や、やばいっ）

緊急事態だ。義母はまだ気づいていない。今のうちに隠そうと手で押さえるが、反り返った男根は下を向いてくれない。自己主張するように伸びあがり、野太く成長した姿を晒していた。

祐二が焦っている間も、響子は背中をゆったり撫でている。全体を泡だらけにすると、左右の脇腹に指先をあてがってきた。

「そ、そこは……うう っ」

指を上下に動かされて、くすぐったさがひろがっていく。腋《わき》の下まで這いあがったと思ったら、じわじわと骨盤あたりまでさがってくる。ボディソープのヌメリを利用して、それを何度も繰り返された。

「うっ……ううっ……」

もはやいきり勃《た》った男根を太腿の間に戻すことはできない。不自然な前屈みになり、手のひらで覆い隠していた。

「はい、これでお終《しま》い」

響子の手が脇腹からすっと離れる。ようやく解放されると思った直後、義母の手が股間に滑りこんできた。

「わっ、ちょっと……」

「ここも洗いましょうね」

「い、いいって——くううッ！」

拒む声が快楽の呻《うめ》きに変わってしまう。ほっそりした指を太幹に巻きつけられて、途端に愉悦《ゆえつ》がひろがった。

「あらっ……硬くなってるじゃない。どうして、こんなになってるのかしら？」

響子は楽しげに言いながら、両手で泡をペニス全体に塗りたくってくる。そうしてから、竿《さお》に巻きつけた指をゆっくりスライドさせた。

「さ、触るな……ううッ」

「ここは念入りに洗わないといけないわね」

ゆったりした動きが、蕩《とろ》けるような快楽を生み出している。女性に触れられたことのない祐二は、それだけで完全に抵抗力を封じられてしまった。

「すごく太いのね」

竿の部分に巻きつけた指で、軽く締めつけたり緩めたりを繰り返す。まるで太さを確かめているような動きだ。それにより、さらに快感が大きくなってしまう。股間に血液が集まり、ペニスはますます硬くなった。

「や、やめろ……うむッ」

「そんなこと言っても、こんなに硬くして、すごく気持ちよさそうじゃない」

「気持ちよくなんか……」

懸命に自分に言い聞かせる。しかし、憎い女の手であろうと、男根を握られると感じてしまう。亀頭の先端からはカウパー汁が溢れだし、腰が小刻みに揺れ動きはじめていた。

「無理しなくていいのよ。ああっ、また大きくなったわ」

「ふ、ふざけるな……」

「ふざけてないわ。わたしは祐二さんのためにしてるのよ」

響子は含み笑いを漏らしながら、指をゆったりスライドさせる。ボディソープのヌメリがたまらず、両手で自分の膝を握りしめた。彼女の手を振り払うべきだが、鮮烈な快感の波が次々と押し寄せてくる。全身を力ませていないと、瞬く間に暴発してしまいそうだった。

「ここは清潔にしておかないとダメでしょう」

細い指がカリ首を集中的に擦りあげてくる。張りだしたカリの内側をヌルヌルと念入りに刺激されて、射精感が爆発的に膨らんだ。

「くううッ！」

奥歯を食い縛《しば》って耐え忍ぶ。精液が噴きあがる直前まで追いこまれて、もはや身動きができない状態になっていた。

「社員寮に住んでいたんですってね」

響子は手筒をねちねち動かしながら、質問を浴びせかけてくる。耳もとで囁き、もう片方の手で胸板をまさぐってきた。ボディソープを塗りたくって乳首を転がされると、快感の波紋がひろがった。

「新潟には恋人がいたのかしら」

「な、なにを……言ってる？」

「実家を離れて、羽を伸ばしてきたんでしょう。この立派なものを使って」

含み笑いを漏らして、ペニスをしごいてくる。カウパー汁がとまらなくなり、射精感を耐えるのに必死だった。

「遊びに行ってたわけじゃない！」

瞬間的に憤怒《ふんぬ》が沸きあがる。鏡に映った義母の顔をにらみつけた。

「じゃあ、女の子としたことないのね」

そう聞かれて、祐二はうつむいて黙りこんだ。そんな姿を見て、響子は鏡のなかで唇の端を吊りあげた。

「そう、したことないの」

「だったら、なんだってんだ」

童貞だと宣言していることになるが、遊んでいると思われるよりマシだった。

父が響子に入れこむ姿を見て、ひどく醜いと感じた。昔の父は人格者だったが、響子と出会ったことで変わってしまった。この女が父の運命を狂わせて、九條家をめちゃくちゃにしたのだ。

「ふふっ、祐二さんって正直なのね」

響子が手の動きを加速させる。背中にぴったり張りつき、片手で乳首を転がしながら、ペニスをリズミカルに擦りはじめた。

「ううッ、や、やめ……くううッ」

「また硬くなってきたわ、すごいのね」

なにが楽しいのか、響子は声を弾《はず》ませている。祐二の太幹をしごきまくり、うなじにキスの雨を降らせてきた。

「うむッ……くうううッ」

もはや拒絶の言葉を発することも、義母の手を振り払うこともできない。全身の筋肉を硬直させて、快楽に耐えることしかできなかった。

（ダ、ダメだ、もう……）

先走り液がとまらない。すでに全身汗だくになっており、睾丸《こうがん》のなかではザーメンが沸騰していた。射精したくてたまらない。彼女の手の動きに合わせて、風呂椅子の上で腰をくねらせていた。

「ううッ、うううッ」

「思ったよりがんばるわね。でも、そろそろ限界じゃない？」

挑発するような言葉が、祐二の反骨心に火をつける。もうダメだと思ったところから懸命に踏ん張り、鏡に映った義母をにらみつけた。

「まあ、怖い顔。でも、もうオチ×チンはパンパンよ」

「こ、こんなこと……」

絶対に許さないぞと腹のなかでつぶやくが、快楽は際限なく膨らんでいく。憎しみが大きければ大きいほど、その相手から与えられる愉悦はどす黒く染まりながら急激に膨張した。

「も、もう……うぐぐッ」

「我慢しなくていいのよ。さあ、全部出しなさい」

カリ首を小刻みに刺激したかと思えば、竿全体をヌルヌルとしごきあげる。睾丸から全身へと震えがひろがり、ついに尿道口がぱっくり開いた。

「ううぅッ、で、出るっ」

「いいわ、出して、全部出すのよ！」

憎悪する義母の声が浴室に響き渡る。祐二はこらえきれない呻きを漏らし、股間を思いきり突きあげた。

「くおおおッ、こ、こんな、おおおおッ、ぬおおおおおおおおッ！」

いけないと思うほどに快感が大きくなる。先端から白い精液が噴きあがり、壁の鏡を直撃した。ちょうど響子の顔が映った部分に付着して、ゲル状のザーメンがドロドロと垂れていった。

絶頂で硬直した全身の筋肉が、一気に弛緩《しかん》していく。鮮烈な快感が四肢の先まで到達して、もう体に力が入らなかった。

「たっぷり出たわね……勢いもすごいわ」

響子が驚いたようにつぶやいた。

彼女の手のなかで、まだペニスは小刻みに波打っている。ヒクッ、ヒクッ、と跳ねるたび、白いマグマの残滓《ざんし》を吐き出していた。

「うっ……ううっ……」

なにも考えられなかった。

嫌いな女にペニスをしごかれて射精したのだ。屈辱的だったからこそ、敗北感は果てしなく大きかった。だが一方で、気持ちよかったのも事実だ。頭の芯が痺《しび》れきって、危うく気を失うところだった。

「まだ硬いわ、祐二さんのここ」

響子はそう囁いたかと思うと、太幹に巻きつけたままの指をスライドさせる。背後からうなじに吸いつき、再び手を動かしはじめた。

「な、なにを……うむっ」

「もう一度、出せるんじゃない？」

なにを考えているのだろう。射精した直後だというのに、すぐさま刺激を送りこんでくる。確かに男根は芯を通したままで、感度も高い状態を保っていた。

「無理に決まってるだろ……くうッ」

「やってみないとわからないでしょ。ほら、こんなにカチカチよ」

「ううッ、や、やめろ、うううッ」

祐二は息を乱すだけで抗《あらが》えない。絶頂の余韻《よいん》で全身が痺れており、手にも足にも力が入らないままだった。射精の快感に浸っている間もなく、強制的に甘い刺激を送りこまれてしまう。ペニスが異様なほど熱くなり、もうなにも考えられなかった。

「や、やめ……ろ……くううッ」

「座ってるだけでいいの。わたしが気持ちよくしてあげる」

響子はボディソープを追加して泡立てると、股間にたっぷり塗りつける。内腿から袋まで撫でまわして、肉棒をねちねちと擦りあげてきた。

「おおッ……おおおッ」

獣《けもの》のような呻き声が、浴室の壁に反響する。再びオナニーとは比べ物にならない快感が押し寄せて、早くも腰がガクガク揺れはじめた。

「ま、待って……おううッ」

「イキそうなのね。いいわよ、イッて、イクところ見せて」

絶妙な指使いに翻弄《ほんろう》されて、とてもではないが耐えられない。快感が一気に膨れあがり、二度目の発作がはじまった。

「おおおッ、ま、またっ、おおッ、ぬおおおおおおッ！」

あっという間に絶頂へと導かれる。ペニスから全身へと痙攣《けいれん》がひろがり、噴きあがったザーメンが白い放物線を描いて鏡に届いた。

一瞬、意識が途切れるほどの強烈な快感だった。もう言葉を発することもできず、ただ放出の愉悦に身をまかせていた。

「ああっ、またこんなに……祐二さん、すごいわ」

響子の声が上擦っている。その間も精液をすべて絞りだすように、ゆったり手筒を動かしつづけていた。

「すごいわ……本当に強いのね」

満足げにつぶやき、ペニスを愛《いと》おしげに撫でまわす。なにを考えているのか、祐二を二度も射精させたのだ。鏡に映った彼女の顔が、恍惚《こうこつ》としているように見えたのは気のせいだろうか。

（なにが起こったんだ……）

祐二は屈辱にまみれながらも、かつて経験したことのない絶頂感に浸っていた。

第二章　女中の筆おろし

1

翌朝、祐二は落ち着かない気持ちで座卓についた。

昨夜のことを思うと気まずかった。なにしろ、忌《い》み嫌っている義母の響子に、あろうことか浴室でペニスをしごかれて射精したのだ。しかも、二回連続で達してしまった。

(どういうつもりなんだ?)

隣で正座をしている響子をチラリと見やる。

当の本人は、いつもとまったく変わらない様子だ。血は繋《つな》がっていなくても息子の男根を弄《もてあそ》ぶ神経が知れない。それなのに、響子は何事もなかったように顎をツンとあげて澄ましていた。

　父の三回忌を明日に控えている。それを考えると、なおのこと昨夜の義母の行動が疑問でならなかった。

　この日の響子は、グレーのタイトなスカートを穿き、ボルドーのぴっちりしたニットを纏っていた。ふんわりとした黒髪が肩に柔らかくかかっている。乳房の丸みと腰のくびれが露骨にわかり、尻の肉づきもスカートに浮かんでいた。

　身体のラインが露骨に出ている服は、九條家の後妻に相応しいとは思えない。全身から牝《めす》の匂いを発散させており、それを隠す気がまったくなかった。ここまで堂々とできるのは、兄夫婦がなにも言わないからだろう。

　また一方で、箸で卵焼きを口に運ぶ姿は、どこか優雅ですらある。昨夜、義理の息子のペニスをしごいたことが嘘のようだった。

　認めたくはないが、あれほどの快感は経験したことがない。オナニーでは決して到達できない高みへ、やすやすと連れていかれた。二十年の人生で、間違いなく最高の悦楽だった。

　祐二は漬物を囓《かじ》りながら、向かい側に座っている綾香に視線を向けた。

　昨夜のことがばれていないか不安だった。快感の呻き声が、浴室から漏れていたのではと気になっていた。

ところが、兄嫁の様子に変わったところはない。今朝は黄土色のフレアスカートにクリーム色のざっくりしたハイネックのセーターを着ている。義母とは正反対で、身体のラインが出ていない服だった。

若干表情が硬いのは、夫のことが気になっているからだろう。貴久は体調がすぐれないため、寝室で朝食を摂るということだった。

「どうかされましたか？」

ふいに横から声をかけられる。

給仕をしていた千鶴が、不思議そうに祐二の顔を覗きこんでいた。割烹着に三角巾といういつもの格好だ。長年女中として働いている彼女は、この服装を崩したことは一度もなかった。

「もう、わたしの料理はお口に合いませんか」

千鶴は料理の味付けを気にしているようだ。祐二は慌てて首を振り、味噌汁を飲んで見せた。

「いえ、すごくうまいです」

子供のころから彼女の手料理を食べてきたのだ。口に合わないはずがない。箸が進んでいないのは、響子のせいに他ならなかった。

「兄さんの具合、どうなの？」

黙っていると余計に気まずくなるので尋ねてみる。

実際、貴久のことは気がかりだ。昨日の夕食時はなんとか起きてきたが、やはり無理をしていたらしい。今朝はまだ顔を見ていなかった。

「朝はとくにつらいみたいなの」

綾香が答えてくれる。口調は穏やかだが、不安は隠せていない。表情が硬くなっており、瞳の奥が微かに揺れていた。

「そう……でも、無理をしなければ問題ないんだよね？」

「ええ、重森《しげもり》先生にも、ゆっくり過ごすように言われてるの」

重森先生とは、島で唯一の診療所の医師だ。専門は内科だが、風邪でも怪我でも診《み》てくれる。長年にわたって島民たちの健康を支えてきた人物だった。

「そうだね、それがいいよ」

確かに無理をしても仕方がない。幸い九條家は島の土地を多く所有しており、病弱な体に鞭《むち》打って働く必要はなかった。当主の役目は急を要するものではない。慌てずマイペースにこなせばいいはずだった。

「でも、村長のお仕事はしっかりやっていただかないと」

唐突に響子が口を挟んできた。

「貴久さんは沖ノ果島村の村長でもあるのです」

抑揚の少ない声が冷徹に感じられる。義母の言うことはもっともだが、兄の体調を優先すべきではないか。祐二は反論しようと身を乗りだすが、それよりも先に綾香が頭をさげた。

「すみません……」

兄嫁の悲痛な表情を目にして、祐二は言葉を失った。

「明日は夫の三回忌です。貴久さんも綾香さんも、自覚を持っていただかないと」

「わたしがもう少し手助けできればいいのですけど……」

「しっかりしてもらわないと困るわ。あなたたちだけではなく、島全体の問題なのですから」

響子が追い打ちをかけると、綾香はうつむいたまま「はい」と消え入りそうな声でつぶやいた。

（義姉《ねえ》さん……どうして？）

祐二の胸のうちは複雑だった。

兄嫁に同情するとともに、なぜ反論しないのかと苛立ちを覚えた。そして、なにより響子の態度に納得がいかなかった。偉そうに説教する姿は、まるで九條家の当主のようではないか。

やはり、この女の好き勝手にさせてはいけない。正統な当主である貴久が、しっかり実権を握るべきだ。

（やっぱり、このままじゃダメだ）

あらためて気持ちを引き締める。昨夜は不覚を取ったが、このままで終わらせるつもりはなかった。

食事を終えて一服すると、祐二は兄夫婦の寝室に向かった。すると、ちょうど襖が開き、盆を手にした綾香が廊下に出てきた。

「あ、祐二くん」

義母がいないせいか、それとも夫の顔を見た直後だからか、綾香の表情は朝食のときと比べて柔らかかった。

「貴久さんに用事？」

「うん、ちょっと話したいんだけど、いいかな」

深刻な感じにならないように気をつけた。ただでさえ、日頃から響子にプレッシャーをかけられているのだ。兄嫁に余計な気を使わせたくなかった。

九年前、貴久が綾香を島に連れてきたときのことを思い出す。

綾香はいつもひまわりのような笑みを浮かべていた。清楚でやさしくて、柔らかな雰囲気だった。それなのに、父が亡くなり、兄が当主になってから、めっきり笑顔が減っていた。

夫が九條家の当主になり、村長になったことで、立場が一変したのだ。島を統べる者の妻として、責任感が重くのしかかっていた。

(義姉さん……俺がなんとかするから)

せめて義母から解放してあげたい。九條家に入りこんできた響子を、このまま放っておくわけにはいかなかった。

「貴久さん、きっと喜ぶわ。平気な顔してるけど、本当は祐二くんのこと、ずっと心配してたのよ」

「俺のことを?」

「ええ、連絡はあったか、っていつも聞いてたわ」

綾香の言葉が胸に染み渡る。心やさしい兄は、勝手に出ていった祐二のことを気にかけていたのだ。

「あなた、祐二くんよ」

綾香は寝室のなかに向かって声をかけると、「ごゆっくり」と言って静かに廊下を去っていった。

「入るよ」

断ってから寝室に入り、襖を閉める。兄は布団の上で体を起こし、笑顔で迎えてくれた。弟を見る目は、どこまでも柔らかかった。

「具合はどう？」

「悪くないよ」

口ではそう言うに決まっている。誰よりも気を使う性格だ。実際は起きられなかったのだから、あまりよくないのだろう。それでも、人に心配かけることを言うはずがなかった。

祐二は布団のかたわらに正座すると、兄の顔をまじまじと見つめた。全体的に青白くて、唇も血の気がない。それでも、絶えず笑みを浮かべていた。

「おまえこそ大丈夫か？　疲れた顔をしてるじゃないか」

「え、そうかな？」

逆に心配されて、慌てて手のひらで顔を擦った。

確かに昨夜は義母との一件があったので、夜遅くまで寝つけずにいた。帰郷して疲れていたのに、神経が昂《たかぶ》って眠れなかったのだ。

「ま、まあ、俺は大丈夫だよ。それより、兄さん――」

祐二は本題に入ろうと背筋を正した。

「この家のことだけど、どうなってるのかなと思って」

「そうか、お義母《かあ》さんのことを気にしてるんだな」

遠まわしに言ったつもりだが、いきなりストレートな言葉が返ってくる。頭脳明晰な兄は、すべて見抜いているのだろう。祐二が無言で頷くと、貴久は声のトーンを落として「うむ」とつぶやいた。

「明日は親父の三回忌か……俺がしっかりしないといけないな」

「そうだよ。やっぱり兄さんにがんばってもらわないと」

病弱な兄に言うのは酷《こく》だが、それでも自分の考えを口にする。いくら体調がすぐれないとはいえ、これ以上、響子の好き勝手を許すわけにはいかなかった。

「島を出ていった俺が言うのも気が引けるけど……」

「いや、祐二の気持ちもわかるよ」

貴久はそこで言葉を切ると、考えこむように黙りこんだ。

昔から思慮深い兄だった。

運動は苦手だったが、神童と呼ばれるほど頭は切れた。その気になれば、有名大学に行くことも夢ではなかった。実際、本島の高校の担任教師が、父親を説得するためわざわざ沖ノ果島までやってきた。

しかし、父は兄の体を心配して大学受験自体をさせなかった。兄自身、多少の迷いはあったようだが、大学進学を強く望んでいたわけではない。それよりも、綾香と出会ったことで島に残る決心がついたようだった。

祐二は兄とは正反対で、勉強は苦手だったが体だけは丈夫にできていた。

子供のころは、山で虫捕りをしたり、海で泳いだり、とにかく家でじっとしていなかった。学校から帰るとすぐ遊びに行き、自ら机に向かった記憶はない。そんな祐二のことを父はよく叱ったが、いつも兄が庇《かば》ってくれた。

――俺のぶんまで外で遊んでくれてるんだから、そんなに怒らないでやって。

病弱な貴久に、祐二の姿はどう映っていたのだろう。とにかく、祐二が泥だらけになって帰ると、兄は心からの笑みを浮かべて迎えてくれた。

――今日も元気に遊んできたみたいだな。

そう言って、頭をくしゃくしゃと撫でてくれるのだ。やさしい兄に守られて、祐二は自由奔放に育った。

だからこそ、今度は自分が力になりたい。やはり島を統治するのは、兄のような人格者であるべきだ。たとえ響子を九條家から追い出すことになっても、当主として奮起してもらいたかった。

「島の人たちの生活を、少しでもよくしてあげたいんだ。いずれにしろ、このままというわけにはいかないいな」

貴久がぽつりとつぶやいた。

自分のことより、島民たちのことを第一に考えているのだろう。

「ところで、祐二、島に戻る気はないのか。もし俺になにかあったら、おまえが当主に――」

「やめてくれよ、縁起でもない」

つい強い口調で遮《さえぎ》ってしまう。本当は考えておくべきなのかもしれない。だが、兄の身になにかあったときのことなど想像したくなかった。

「心配かけてすまない……俺の体が弱いばっかりに」

貴久はそう言ってうつむいた。

もうこれ以上、兄に強く言うことは無理だった。結局、響子に対する具体的な策を聞くことはできなかった。

かえって悪いことをしたと思う。兄を元気づけたかっただけなのに、追いつめてしまったのではないか。これというのも、すべては響子のせいだった。

2

祐二は自室にこもり、今後どうするべきか考えていた。

長いこと留守にしていたにもかかわらず、部屋は当時のままだった。日頃から千鶴が掃除をしてくれていたらしく、昨夜から普通に使うことができた。

六畳間の窓際に机があり、そのすぐ横の壁に本棚が置いてある。ベッドはなく、布団をあげおろしするスタイルだ。多少面倒ではあるが、このほうが部屋を広く使えるので快適だった。

(やっぱり、直接言うしかないな)

畳の上で仰向《あおむ》けに寝転がり、胸底《きょうてい》でつぶやいた。

板張りの天井に、義母の顔が浮かんでくる。思わずにらみつけて、奥歯をギリッと強く嚙んだ。

いずれにせよ、明日の三回忌の法要が無事に終わってからになる。

響子も簡単には引かないだろう。父の死後、九條家で好き放題に振る舞ってきた女だ。兄が病弱なのをいいことに、まるで自分が当主のような顔をしてきた。今の立場を簡単に手放すとは思えなかった。

部屋から出て居間に向かう。

とにかく現状を知る必要があるだろう。祐二が実家を離れていた一年の間、響子がなにをしていたのか情報がほしい。いざ問い質《ただ》すときのため、武器になる材料を手に入れておきたかった。

綾香に話を聞こうと思うが、夫婦の寝室に籠《こ》もっていた。

貴久は横になっていても、ずっと眠っているわけではない。村長の仕事があるので、綾香が身のまわりの世話をしながら書類の整理などを手伝っているという。この様子だと、日中はなかなか時間が取れそうになかった。

それならばと千鶴の姿を探すが、洗濯や掃除で常に慌ただしく働いていた。女中の仕事が一段落するのは午後になる。ただ今日は、明日の三回忌の準備もあるので、とくに忙しいはずだ。しばらく話しかけられる雰囲気ではなかった。

響子の動きもチェックしているが、自室に入ったきり出てこない。家のなかは不思議になるほど静かだ。日中はこんなものなのだろうか。

結局、なにも情報を得ることができないまま昼になってしまった。千鶴が用意してくれた昼食を摂ると、祐二は縁側に腰かけた。

抜けるような青空の下、庭の物干し竿に洗濯物が干されている。風が吹き抜けるたび、音もなく静かに揺れていた。

（なんとかしないと……）

義母から当主である兄に実権を戻すのだ。

十七歳も年上の父と結婚までして九條家に入りこんだのは、なにか目的があったからに違いない。金なのか、権力なのか、それとも他に理由があるのか。いずれにせよ、裏があるに違いなかった。

本性を暴くつもりで、意気込んで帰ってきた。増長している響子を見ると、おめおめ新潟に戻ることはできない。だが、まだ尻尾《しっぽ》を摑めていないどころか、昨夜は風呂場でペニスをしごかれて骨抜きにされてしまった。

「くっ……」

甘い記憶とともに屈辱が沸きあがり、身悶えそうになる。そのとき、視界の隅に人影が映った。

（あ……出かけるのか？）

響子が玄関から出てくるのが見えた。

タイトスカートにぴったりしたニットという、身体のラインを強調する格好だ。家のなかだけなら構わないが、あの服装で外に出かけるとは神経を疑ってしまう。

（男にでも会いに行くつもりかよ）

心のなかで吐き捨てた直後、もしやという思いが脳裏をよぎった。

厳格な父を虜《とりこ》にした女だ。どんな手を使ったのかずっと疑問に思っていたが、昨夜のようなことを父にも仕掛けたのかもしれない。

祐二はとっさに立ちあがると玄関へ急いだ。

スニーカーを履き、そっと引き戸を開けて表に出る。坂をくだっていく響子の背中が見えた。タイトスカートに浮かんだヒップをぷりぷり揺らし、腰をくねらせながら歩いていく。

（まるで娼婦じゃないか）

生け垣の陰から後ろ姿を見つめて、こみあげる苛立ちを抑えられなかった。

後妻とはいえ九條家の一員になった以上、淫らな服で外を歩いてほしくない。しかも、明日は父の三回忌だ。どうして父はこんな女と再婚したのか、今さらながら不思議でならなかった。

響子が坂の途中で横道に入った。

住宅が点在する路地だ。商店や役場は坂をまっすぐおりた港の周辺に集まっているので、誰かの家を訪ねるのだろうか。

祐二は生け垣から飛び出すと、早足で坂をくだった。幸いなことに、他に人は歩いていない。曲がり角から路地を覗けば、響子の後ろ姿が確認できた。

正面に朱色の鳥居《とりい》が見えている。

島が炭鉱で栄えたときに創建された神社だ。海底炭鉱で働く人たちは、ここで一日の無事を祈ってから地下に向かったという。

島の人たちは昔から信心深い。炭鉱は閉山したが、現在でも漁業に携《たずさ》わる人が多く訪れる。海が荒れたときは信心が足りないからだと言われていた。そういった経緯もあり、神主は島のなかで特別な存在だった。

なにか大切なことを決めなければいけないとき、人々は神社にやってくる。生まれた子供の名前や、結婚式の日取り、さらには農作物の収穫時期など、必ず神主に意見を求めるのが島では当たり前のことだった。

響子は迷うことなく鳥居をくぐり、さらに奥へと歩いていく。祐二も充分に距離を取りながら、慎重にあとを追った。

途中の住宅から人が出てきて焦ってしまう。名前は知らないが、何度か顔は見たことがある。四十前後の男性で、確か漁師をしていたはずだ。「どうも」と軽く声をかけるが、男は無言で軽く会釈するだけだった。

やはり、祐二が島から出ていったことが気に入らないのだろう。

古い習慣が色濃く残っている小さな島だ。こういう閉鎖的な空間で上手《うま》くやっていくには、自分の意見を殺すことも必要になってくる。全体の流れに逆らうのは、もっとも危険なことだった。

漁師の男は、二度と視線を合わせることなく去っていく。腹立たしいが、彼を責めることはできない。島で暮らすとは、こういうことだ。祐二と話しているところを誰かに見られたら、自分まで村八分にされるかもしれないのだから仕方なかった。

(俺の味方はいないってわけか……)

九條家の人間だろうが特別扱いされないらしい。

まともに口を聞いてくれるのは、身内と女中の千鶴だけだ。その千鶴にしても、昨日は少々ぎこちなかった。実際、今朝もわずかながら葛藤があるように感じた。祐二は大きな溜め息を漏らすと、早足で神社に向かった。

鳥居は年季が入っていた。朱色の塗料が所々剝げて、地肌の木がかなりの範囲で露出している。境内《けいだい》は木々の枝が頭上を覆っており、昼間だというのに薄暗い。まるで廃神社のような不気味さがあった。

（こんなに暗かったかな……）

子供のころは、よく虫捕りをした場所だ。だが、久しぶりに来てみると、近寄りがたい雰囲気があった。

本殿もかなり古びており、数年前の台風で飛ばされた瓦は修繕されていないままだ。壁もぼろぼろで朽ち果てそうだが、直す余裕などないのだろう。これが沖ノ果島の実情だった。

響子は本殿の横を歩いていく。奥にあるのは神主の自宅だけで、周囲には森がひろがっている。やはり神主の家に向かっているのだろうか。

本殿の陰に隠れて、真裏にある木造平屋の小さな家を見やった。すると、響子は玄関の前に立ち、ひとりの男と言葉を交わしていた。

「やあ、響子さん、よく来たね」

嗄《しやが》れた声が、鬱蒼《うつそう》とした森に響き渡る。

藍《あい》色の甚平《じんべい》という楽な格好だが、神主の大藤耕造《だいとうこうぞう》に間違いない。記憶が正しければ、六十代半ばのはずだ。頭頂部が薄くて痩せぎすの体は、一年前とほとんど変わっていなかった。

「お元気でしたか？」

「ひとりだと老けこんでいくばっかりだが、響子さんのおかげで、ここのところすっかり若返った感じがするよ」

耕造の妻は五年ほど前に亡くなっている。以来、ひとり身を貫いていた。

九條家とは古い付き合いだが、響子がひとりで訪ねる用事は思い浮かばない。ちょっとしたことなら、女中を行かせるのが普通だった。

「家内も大悟さんにはずいぶん世話になったなぁ」

耕造がしみじみと語った言葉に、祐二は首をかしげた。

（父さんが神主さんの奥さんの世話を……）

まったく聞いたことのない話だ。神主の妻の手助けをしたようだが、聞いたことがなかった。

「お恥ずかしい話だが、あのころはどうも調子が悪くてね。もう打ち止めだと思って落ちこんだよ」

「今はすごいのに、信じられないわ」

「はははっ、あんたが来てくれるようになって、すっかり元気が戻ったんだ」

「ふふっ、神主さんったら」

二人は親しげに言葉を交わしている。内容はさっぱりわからないが、なにか釈然としないものがあった。

とにかく響子がわざわざ訪問するのは不自然だ。しかも、やたらと腰をくねらせて、媚《こ》びた笑みを浮かべているのが気になった。

（まさか、神主さんと……）

嫌な予感が脳裏をよぎる。

馬鹿げた考えを笑い飛ばそうとするが、昨夜、自分が体験したことを思い出すと、ないとは言い切れなかった。

やがて、響子は家のなかに入ると、玄関ドアが閉じられた。

祐二は意を決して、神主の家に歩み寄った。なにも行われていないなら、それで構わない。しかし、亡くなった父を愚弄するようなことがあったら、即座に踏みこむつもりだった。

玄関ドアの前を通り過ぎて、ガラス戸から居間を覗きこむ。ところが、そこに二人の姿はなかった。

さらに奥に進もうとして、足もとの雑草がカサッと音を立てた。全身の毛穴から汗が噴きだし、シャツの腋の下に汗の染みがひろがった。

しばらく動きをとめるが、見つかってはいないようだ。慎重に歩を進めて、隣の部屋の手前まで辿り着いた。

ガラス戸にじりじりと迫る。森に囲まれているので、レースのカーテンも開け放ったままだった。壁の陰から片目だけを出して部屋のなかを覗きこむ。すると、驚愕の光景が視界に飛びこんできた。

（なっ……なんだ、これは？）

祐二は思わず目を見開いて固まった。

室内の様子が丸見えだ。そこは十畳ほどの和室で、中央に布団がひと組だけ敷いてあった。

布団に神主が横たわっており、脚を大きくひろげている。その脚の間で、響子が正座をしていた。

しかも神主は甚平を脱いで、骨と皮だけの痩せ細った体と、ダラリと垂れさがったペニスを露出している。そして、響子も服を脱いでおり、黒いセクシーな下着姿になっていた。

（お、おい……）

思わず生唾《なまつば》をゴクリと飲みこんだ。

総レースの黒いブラジャーが大きな乳房を包みこみ、白い谷間に視線が吸い寄せられる。彼女が身じろぎするたび、たわわな膨らみが柔らかく弾んだ。股間を隠しているのも総レースの黒いパンティだ。正座をしているためわかりづらいが、やけに小さな逆三角形の布地が、恥丘にぴったり張りついていた。

（なんて格好してるんだよ）

ほぼ真横から眺める位置なので、すべてが視界に飛びこんでくる。

もしやとは思っていたが、いきなりこんな光景に遭遇して焦ってしまう。いかがわしいことが行われるのは間違いなかった。

「では、はじめますよ」

響子の声が聞こえてきた。

換気のためか、ガラス戸の端がほんの少し開いている。そこから室内の声が丸聞こえだった。

「うむ、まずはいつもの尺八《しゃくはち》を吹いてもらおうか」

耕造が浮かれた声で告げると、下着姿の響子が正座の姿勢から腰をゆっくり折っていく。上半身を伏せて、顔を股間に近づけた。

「あら、思いどおりになると思ったら大間違いですよ」

両手でまだ柔らかいペニスを掲げ持ち、太腿の間に顔を埋めるようにして裏筋に唇を押し当てていった。

「ンふっ……」

「ううっ、九條家の後家さんにおしゃぶりしてもらえるとはな」

神主とは思えない言葉だが、響子は従順にペニスを舐《な》めあげていた。根元の方から先端に向かって、何度もゆっくり舌先を滑らせる。そのたびに快感が走るらしく、老人の体が小刻みに揺れていた。

「おうっ、いいぞぉ」

「はンンっ、奥さんはこんなことしてくれなかったのね」

響子が落ち着いた声で語りかけながら、カリ首の周辺で舌先を躍らせる。そうしているうちに、男根がピクリと動いて急激に膨らみはじめた。

「来たぞ……おおっ」

神主の低い呻き声が響き渡り、逸物《いちもつ》が天井に向かって屹立する。まるで巨木の枝のように、表面がやけにゴツゴツしたペニスだった。

「ああンっ、どんどん膨らむわ」

響子はうっとりした声でつぶやき、両手の指で太幹を撫でまわす。さらには竿を愛おしげに舐めあげて、張りだしたカリの裏側にも舌先を這わせていく。

「ンっ……もうこんなに大きくして」

「響子さんに舐めてもらうようになって、朝勃《あさだ》ちが復活したんだ。この年で、どんどん健康になってる気がするよ」

耕造の顔が快楽に歪んでいる。普段は厳《いか》めしい顔をしているが、今はただの好色な老人に成りさがっていた。

（いつから、こんなことを……）

ガラス戸から覗きながら、祐二は思わず息を呑んだ。

踏みこむタイミングをうかがっていたが、驚きの光景に圧倒されている。あの尊大な義母が、あろうことか神主のペニスを舐めまわしているのだ。しかも、すでに何度も関係を持っているらしい。疑念は抱いていたが、予想を遥かに上回る淫らなことが行われていた。

「神主さんのオチ×チン、すごく濃い匂いがするわ」

「さっきから汁がとまらないんだ」

亀頭の先端から透明な汁が絶えず溢れている。かなり興奮しているのだろう、太幹まで我慢汁がトロトロ垂れているのが確認できた。

「こんなに濡らして、いやらしいわね……はあンっ」

口ではそう言いながらも、目もとには笑みが浮かんでいる。響子は太幹に舌を這わせて、大きく息を吸いこんだ。老人のペニスの匂いを肺いっぱいに吸いこみ、瞳をねっとり潤《うる》ませた。

「は、早く咥《くわ》えてくれないか」

耕造が焦《じ》れた様子でつぶやき、催促するように股間を突きあげる。すると、響子は薄い笑みを浮かべて、艶やかな唇を亀頭の先端に近づけた。

「そんなに腰を振って、おしゃぶりしてほしいのかしら？」

「じ、焦らさないでくれ……ううっ」

響子が亀頭にフーッと息を吹きかける。たったそれだけで、耕造は限界とばかりに腰をぶるぶる揺すりあげた。

「くおっ……た、頼む」

「もう少し遊ぼうと思ったんだけど、今回だけ特別よ」

懇願されると、響子はもったいぶってようやく亀頭を咥えこんだ。黒ずんだ老人のペニスを口内に収めて、さっそくクチュクチュとしゃぶりだす。フェラチオの湿った音が、祐二が立っているガラス戸の外まで聞こえてきた。

「はむっ……ンふぅっ」

「おおうっ、気持ちいいぞぉ」

耕造の呻き声を合図に、響子が首を振りはじめる。太幹を根元まで呑みこみ、ペニス全体にたっぷり唾液をまぶしていく。そうして馴染ませてから、あらためてゆったり唇を滑らせた。

「きょ、響子さん……おっ、おおっ」

神主の骨張った体がヒクついている。艶めく唇でしごかれたペニスは、ますます野太く成長していた。

「あふっ……はむっ……むふンっ」

響子が鼻にかかった声を漏らしながら、熱心に首を振りたてる。唇が通り過ぎるたび、カリがますます張りだしていく。唾液を塗りこめられた太幹は、妖しげに黒光りして蛍光灯を反射した。

「ンふっ、どんどん太くなるわ、あふンっ」

ていた。

「おおうっ、響子さんの尺八はやっぱり最高だよ」

耕造の呻き声が大きくなる。目をギラつかせて、ペニスをしゃぶられる快楽に酔っていた。

「もっと気持ちいいことしてほしい？」

「う、うむ……下のほうも」

「ふふっ、仕方ないわね」

響子がさらに体勢を低くして、太腿の間で這いつくばる。その直後、子猫がミルクを舐めるような、ピチャッ、ピチュッという音が聞こえてきた。

「ここが好きなのよね？」

「ううっ、そう、そこだ。袋がこんなに気持ちいいとは知らなかったよ」

どうやら陰嚢《いんのう》を舐めているらしい。響子の舌が、神主の皺《しわ》袋を這いまわっているのだ。手では太幹をやさしく擦りながら、玉袋にまで熱心に奉仕していた。

夫の三回忌の前日だというのに、響子は老人のペニスを舐めしゃぶっている。重大な裏切り行為だが、微塵《みじん》も気にしている様子はなかった。

(どうして、こんなことを……)

驚愕の光景を前にして、もはや祐二は指一本動かせずにいた。

家では高圧的に振る舞っている響子が、下劣極まりない神主にフェラチオしている理由がわからない。二人の間に恋愛感情は感じられないし、金銭が発生しているとも思えない。九條家に嫁《とつ》いだ響子が、経済的に困っているはずがないだろう。

そんな祐二の疑問をよそに、響子の愛撫は熱を帯びていく。老人の皺だらけの太腿も舐めまわし、正座をしている位置をずらしながら、唇を膝やふくらはぎに這わせていった。そして、ついには足の親指をぱっくり咥えこんだ。

「はむンっ」

「おほっ、そんなところまで……おおおっ」

耕造の快楽の呻きに応えるように、響子は足指を親指から小指のほうに向かって順番に舐めていく。一本いっぽん口に含んでは丁寧にしゃぶりあげて、指の間にも舌をねちねち這いまわらせる。左右の足指を同じように舐めると、再び股間に移動してペニスを根元まで咥えこんだ。

「足の指も気持ちいいでしょう。ねえ、もっと舐めてほしいんじゃないの？」

「き、気持ちいい……おううっ」

「ふふっ、だったらちゃんとお願いして」

「も、もっと……もっと頼むよ」

耕造はすっかり快楽に流されて、響子の言いなりになっていた。

黒光りした男根は、還暦とは思えない逞しさでそそり勃っている。義母の唇と舌が這いまわることで、またしても太さを増していた。

「ああンっ、お汁がいっぱい」

亀頭にキスしながら、響子がもどかしげに腰を振る。どうやら、我慢汁を啜《すす》ったことで興奮しているらしい。熟れた女体をくねらせて、黒いパンティに包まれた尻を揺らしていた。

「なんだか、興奮してきちゃったわ」

「きょ、響子さん……」

「ふふっ……したいの？」

響子が上目遣《うわめづか》いに語りかける。そして、亀頭に舌を這わせて、尿道口をチロチロとくすぐった。

「おううっ、そ、それは……は、早く……」

耕造が上擦った声でつぶやけば、響子は嬉しそうに立ちあがる。そして、両手を背中にまわし、躊躇することなくブラジャーのホックをプツリと外した。

「あンっ……」

カップが上方に弾け飛んで、大きな乳房がまろび出る。柔肉がプリンのように弾むさまに、祐二の視線も惹きつけられた。

（で、でかい……）

もはや義母の女体に釘付けだった。

雪のように白い肌が、魅惑的な曲線を描いている。下膨れした乳房はたっぷりと量感があり、ブラジャーを腕から抜くだけで重たげに揺れていた。鮮やかな紅色の乳首は、触れてもいないのに尖《とが》り勃っている。ペニスをしゃぶったことで、高揚しているのは明らかだった。

さらに響子はパンティのウエストにも指をかけて、神主の視線を意識しながらゆっくりおろしはじめる。尻を左右に振りつつ、薄布を股間から引き剝がしていく。露わになった肉厚の恥丘には、漆黒《しっこく》の陰毛がたっぷり茂っていた。

（おおっ……）

嫌っている相手ではあるが、美熟女であるのは否定できない。パンティをするする引きさげて、左右のつま先から交互に抜くのを、祐二は瞬《まばた》きするのも忘れて見つめていた。

「さあ、上に乗ってくれ」

耕造が待ちきれないとばかりに手招きする。体は痩せ細っているのに、男根だけは隆々と屹立していた。

「まだダメよ」

「お、おい……」

「わたしのことも、ちゃんと気持ちよくしなさい」

響子は神主に歩み寄ると、顔をまたいで逆向きに重なった。

仰向けになっている老人に覆いかぶさり、むちむちの女体をぴったり密着させていく。いわゆる、シックスナインの体勢だった。

「うおっ、大事なところが丸見えだ」

耕造が嬉しそうにつぶやいた。

なにしろ、大きな尻が目の前に迫っているのだ。臀裂の狭間《はざま》には、濃い紅色の陰唇が見えていた。フェラチオをしたことで昂り、ビラビラした肉唇が愛蜜で濡れ光っている。しかも、そこは意思を持った生物のように蠢《うごめ》いていた。

「こんなに濡らして、マン汁の匂いもプンプンするぞ」

「いいから早く舐めるのよ」

響子が強い口調で命じれば、神主は皺だらけの手を尻たぶにあてがい、遠慮がちに臀裂を割り開いていく。すると、くすんだ色の肛門が剝き出しになり、蛍光灯に照らし出された。

「おおっ、ケツの穴まで丸見えだ」

「ちょっと、なにしてるの」

興奮した神主を窘《たしな》めると、響子はペニスの根元に指を巻きつける。そして、さっそくリズミカルにしごきはじめた。

「き、気持ち……ぬおおッ」

「こんなに硬くするなんて、神主が聞いて呆れるわ」

そんな蔑《さげす》みの言葉をかけられても、耕造は快楽に腰をくねらせている。高揚しているのは明らかで、我慢汁の量がますます増えていた。

「匂いもすごいわよ。わたしとしたいの？」

「きょ、響子さん……ううぅッ」

耕造は答える代わりに頭を持ちあげて、陰唇に口を押し当てる。触れただけで湿った音が響き渡り、女体が電気ショックを受けたように跳ねあがった。

「はうンッ！」

「は、早く……い、入れさせてくれないか」

舌を使っているのか蜜音が大きくなる。義母の尻たぶが波打ち、切れぎれの喘ぎ声が溢れだした。

「ああっ、激しいわ……ああンっ」

「ここに入れたいんだ」

耕造が恥裂をジュルジュル吸いあげる。もう我慢できないとばかりに、肉唇を口に含んでしゃぶりまわした。

「はああンっ、そんなに入れたいの？　でも、まだよ」

響子は握ったままのペニスに唇を寄せていく。亀頭をぱっくり咥えこみ、柔らかい唇でカリ首を締めつけた。

「はむンンっ」

「ううッ、い、いいっ、くううッ」

喘《あえ》ぎ声と呻き声が交錯して、淫靡《いんび》な空気がいっそう濃く漂いはじめる。互いの股間を舐め合うことで、二人は同時に高まっていた。

「あふっ……はむンンっ」

太幹を咥えこんだ唇の隙間から、響子の喘ぎ声が聞こえている。陰唇をしゃぶられて女体を痙攣させながらも、老人のペニスを頬張っていた。

「うむむっ、響子さん、おむううっ」

耕造も快楽の呻きを漏らしつつ、陰唇を舐めまわしている。膣口《ちつこう》に舌をねじこんでは、愛蜜をしつこく啜りあげていた。

（な、なんだこれは……）

祐二は完全に気圧《けお》されて、指一本動かせなかった。

目の前でシックスナインが展開されている。しかも、二人は神主と義母だ。信じられない光景を目撃して、頭のなかが真っ白になっていた。

とてもではないが、踏みこむ勇気などない。童貞の祐二には刺激が強すぎる。こうして見ているだけでも、ジーパンの股間は痛いくらいに張り詰めている。たとえ憎い女だろうと、体は正直に反応していた。

「もっと気持ちよくするのよ」

響子が命じれば、耕造が舌を膣口に埋めこんだ状態で首を振りはじめる。勃起した男根をしゃぶられて腰をくねらせつつ、女陰を丁寧にしゃぶっていた。もはや神主というより、響子の言いなりの性獣だった。

「上手よ、あむううッ」

「き、気持ちいい……おおおッ、気持ちいいぞぉっ」

シックスナインが加速していく。耕造が呻き声をあげて陰唇に吸いつき、次から次へと溢れる愛蜜をすべて啜っては飲みくだす。そうすることで、よりいっそうクンニリングスにのめりこむ。やがてアヌスにまで舌を伸ばし、唾液をたっぷりまぶしはじめた。

「ひあッ、そ、そこは……」

「ここも舐めたい、響子さんの尻穴を舐めたいんだ」

「神主さんが、お尻を舐めたいだなんて、島の人たちが聞いたら驚くわね」

「そんな意地悪を言わんでくれ、た、頼む」

耕造が悲痛なまでに懇願すると、義母は楽しげに「ふふっ」と笑った。

「そんなにお願いするなら……はむううッ」

響子は再びペニスを咥えこんで首を振る。すると、耕造は尖らせた舌を、アヌスの中心部に押し当てた。

「はンンッ……ンンンッ」

太幹を咥えたまま、響子がくすぐったそうに腰をくねらせる。耕造はしっかり腰を抱えこみ、舌先を排泄器官に埋めこんだ。

「ひむううッ」

響子は快楽の呻き声を漏らすが、それでも咥えたペニスは離さない。汗ばんだ背中を艶めかしく波打たせて、首をしっかり振りつづけた。

「おおッ、そんなに速くしたら……おおおおッ」

神主の声が切羽《せっぱ》詰まっていく。響子のアヌスをしゃぶったことで、もはや我慢できないほど全身の血が沸きたっていた。

「そ、そろそろ……響子さん」

気がすむまで肛門を舐めまわしたらしい。耕造はようやく臀裂から顔を離すと、響子のヒップを撫でまわした。

「も、もう……もう我慢できないんだよ」

痩せ細った体が悶えている。欲望が限界まで膨らんでいるのだろう。響子が男の上で裸体を起こして、股間にまたがり直した。両足の裏をシーツにつけた和式便所でしゃがむときの格好だ。たっぷりとした乳房もくびれた腰も、すべてがあからさまになっていた。

「わたしと、したいの？」

「う、うむ、したい……九條家の後家さんとしたいんだ」

「ふふっ、神主さんがそんなこと言っていいのかしら？」

魔性の笑みを浮かべながら老人の顔を見おろしていく。響子は片手を肉竿に添えて、亀頭を自分の股間にあてがった。

「は……早く」

焦れた神主の声に、クチュッ、ニチュッ、という湿った音が重なった。愛蜜と我慢汁が混ざり合い、ねちっこい音を奏《かな》でていた。

「どうしようかしら？」

この期《ご》に及んで、響子は挿《い》れようとしない。遥かに年上の男を弄び、快楽に悶える様を楽しんでいた。

「た、頼む……ううッ、頼むぅっ」

還暦を過ぎた老人が、今にも泣きそうな声で訴えている。響子は目の下を妖しく染めあげながら腰を揺らし、陰唇で亀頭の先端を愛撫していた。

「はンンっ、当たってるのわかる？」

「わ、わかる……うぬぬッ、わかるぞぉっ」

「この大きなオチ×チン、どうしたいの？　もっとちゃんとお願いしないと」

膝を左右に開いた大胆な格好で、男の亀頭をとことんまで焦らし抜く。愛蜜の音を響かせながらも、まだ挿入しようとしなかった。

「おおおッ、も、もう……い、挿れたい、響子さんのなかに挿れたいです」

ついに耕造が根負けする。両手でシーツを強く握り、神主の矜持《きょうじ》をかなぐり捨てて懇願した。

「そんなに挿れたいの。じゃあ、挿れさせてあげる」

「おッ……おおッ」

響子がほんの少し腰を落としたことで、亀頭の先端が陰唇の狭間に埋没する。愛蜜の弾ける音がして、老人の体がピーンッと硬直した。

「き、気持ち……ぬおおおッ」

まだほんのわずかの挿入だが、快感が突き抜けたらしい。耕造の口から獣のような呻き声が溢れだした。

「ああっ、入ってくるわ」

響子も喘ぎ声を振りまいている。男の悶える姿を見おろしながら、じりじりと腰を落としこんでいた。

（こ、こんなことが……くううッ！）

祐二は拳を握りしめて、奥歯をギリギリと食い縛った。

胸のうちで様々な感情が渦巻いている。憤怒と軽蔑が混ざり合い、異様な昂りを感じていた。自分でも説明できないが、なぜかかつてないほど興奮している。ペニスの先端から大量の先走り液が溢れており、ボクサーブリーフの内側をぐっしょり濡らしていた。

（ク、クソッ、もう我慢できない）

ジーパンのファスナーをおろすと、硬直したペニスを剝き出しにする。こんなところを誰かに見つかったら言い訳できない。それでも、膨れあがった欲望には抗えなかった。

全身の血液が沸きたっている。脚をＭ字形にして、ゆっくり腰を落としていく義母を見つめて、猛《たけ》る肉棒を握りしめた。

「はあああッ！　い、いいっ」

響子の嬌声《きょうせい》が響き渡った。ついに神主のペニスが根元まで嵌《はま》ったのだ。腰を軽く反らした騎乗位で、屹立をずっぽり呑みこんでいた。

「おおうッ、は、入った、響子さんのなかに入ったぞぉっ」

耕造の声も上擦っている。その顔が快楽に歪み、痩せぎすの体が情けないほど震えていた。

「わたしのなかは、どう？」

腰を軽く揺らしながら、濡れた瞳で語りかける。それと同時に胸板に置いた両手の指先で、男の乳首をいじりまわした。

「おううッ、き、気持ちいい」

「ふふっ、動いてほしい？」

「は、はい、動いてください」

もはや神主は快楽の虜になっている。響子の言うことに逆らえず、欲望のままに答えていた。

「素直になってきたわね。ご褒美をあげる」

響子が腰をゆったり回転させる。結合部から湿った音が響いて、耕造がたまらなそうに呻きはじめた。

「おおッ、おおおおッ」

「どうしたの？　いやらしい声を出して」

「な、なかで擦れて……くううッ」

腰の動きが速くなると、もうしゃべることもできなくなる。耕造は低い呻き声を漏らして、腰をくなくなと悶えさせた。

「ああンっ、いやらしいわね、そんなに腰を振って」

響子は言葉でも責めながら、乳首をキュッと摘《つま》みあげる。そして、腰の動きを上下に切り替えて、太幹をゆったり出し入れした。

「そ、そんな……ぬうううッ」

「あぁッ、硬いわ、あッ、あッ」

ペニスを蜜壺《みつつぼ》でしごきあげて、響子自身も快楽に浸っていく。艶めかしい喘ぎ声を振りまき、腰の振り方を激しくした。

「おおおッ、響子さん、おおおおッ」

もう我慢できないとばかりに、耕造が股間を突きあげる。ペニスがさらに深く突き刺さり、響子が乳房を揺らしながら仰《の》け反った。

「あああッ、いいっ、深いわ」

「おおッ、締まる、ぬおおおおッ」

響子がうっとりした顔でつぶやき、耕造が目を血走らせる。二人が恍惚に酔っているのは間違いない。クライマックスに向けて、抽送《ちゅうそう》速度がさらにアップした。

「あああッ、いいっ、はあああッ」

絶叫にも似た喘ぎ声を振りまき、響子が腰をくねらせる。M字開脚の卑猥なポーズで、ヒップを勢いよく上下に振りたくった。

「ぬううッ、締まる締まるっ、おおおッ」

耕造も呻きながら股間を跳ねあげる。目を剝いて女体を貪る様は、神職に就いている者とは思えない下劣さだった。

「あああッ、いいっ、いいのっ、あああッ」

響子が黒髪を振り乱して快楽に溺れていく。今にも昇り詰めそうな勢いで、涎《よだれ》を垂らしながら腰をくねらせた。

「そ、そんなに……ううッ、我慢できないっ」

「ああッ、まだよ、まだダメっ、あああッ」

自分が昇り詰めるまで、神主にはお預けを食らわせる。響子は自分のペースで腰を振り、ついに絶頂への階段を昇りはじめた。

「はああッ、イ、イクっ、イクっ、あああッ、はああああああッ！」

神主のペニスを根元まで呑みこみ、女体が大きく反り返る。乳房をぶるぶる揺らしながら、オルガスムスの嵐に巻きこまれていった。

「ぬうううッ、す、すごいっ、おおッ、ぬおおおおおおおおッ！」

その直後、耕造も唸りながら、全身を激しくバウンドさせた。シーツを握りしめて、腰を激しく痙攣させる。射精しているのは明らかで、ザーメンを注ぎこまれた響子の下腹部がビクビクと波打った。

（ダ、ダメだ……おおおおッ！）

すべてを見届けた祐二も、猛烈にペニスをしごきまくり、懸命に声を抑えて欲望をぶちまけた。

（出る出るっ、くおおおおおおおッ！）

右手で握りしめた陰茎が思いきり脈打ち、先端から白いマグマが噴きあがる。とてもではないが我慢できず、覗き見しながら自慰に耽《ふけ》ってしまった。

凄まじい勢いで精液を放出した。地面に白濁液が飛び散り、生臭い匂いがあたりに漂った。頭の芯が灼《や》けたようにチリチリして、全身汗だくになっている。祐二は呆然としながら、ペニスを拭うこともせず、ジーパンのなかに押しこんだ。

（お、俺は……なにを……）

放出の余韻に朦朧《もうろう》としながらも、とにかくこの場を離れなければと、ふらつきながら逃げ出した。

3

家に帰ってからも、祐二は悶々としたままだった。

響子の本性を垣間見《かいま》たが、とにかくショックが大きすぎた。気持ちの整理がつかず自室に引き籠もり、布団を頭からかぶって丸まった。

自分の目で見たことが信じられない。義母が神主と関係を持っていたのだ。しかも、雰囲気から察するに、一度や二度の関係ではなかった。

穢《けが》らわしいと思いつつ、異常に興奮している自分もいる。かつてないほど全身が熱くなり、胸の鼓動が速いままだ。思い出すとペニスは痛いくらいに勃起して、家でも自慰に耽ってしまった。

「祐二さん」

千鶴の声が聞こえた。

時間の感覚が麻痺している。布団から顔を出すと、いつの間にかすっかり暗くなっていた。

「お食事の用意ができましたよ」

夜になっても部屋から出てこないので、心配して様子を見にきたのだろう。襖の向こうから、いつも以上に穏やかな声で語りかけてきた。

「疲れたから、今日はもう寝るよ」

実際、食欲などまるでなかった。

まだ気持ちの整理がついていない。この状態で響子と顔を合わせたくなかった。こうしている間にも、再び義母の乱れた姿が脳裏で再生されてしまう。神主の上で腰を振って果てる姿は壮絶だった。

「どこか具合でも悪いのですか」

「大丈夫、ちょっと眠くなっただけだから」

平静を装《よそお》ったつもりだが、上手くいっただろうか。

「なにかあったら声をかけてください」

千鶴はそう言い残して去っていった。

静寂が戻ると、穿きっぱなしだったジーパンとシャツを脱ぎ、スウェットの上下に着替えた。

再び布団をかぶると、またしても響子のことで頭がいっぱいになる。

神主はすっかり響子に溺れていた。二人はどのようにして接近したのだろう。きっと響子から言い寄ったに違いない。島民たちから敬われている神主を取りこめば、響子にとってなにかと有利になるはずだ。

（島を支配しようとしてるんじゃ……）

ふと疑念が浮かびあがる。

九條家に入りこむことに成功した響子は、島を牛耳ろうと目論んでいるのではないか。あの魔性の笑みを思い出すと、そんな気がしてならなかった。

このままでは九條家だけではなく、島まであの女に乗っ取られてしまう。絶対に阻止しなければならないが、どうすればいいのかわからなかった。神社で覗き見したなどと、兄には言えなかった。

（なんとかしないと……）

布団に横たわって同じことをぐるぐる考える。しかし、そう簡単に答えは見つからなかった。

カタッ——。

微かな物音が聞こえてはっとする。

どうやら、考えこんでいるうちに眠ってしまったらしい。いったい、どれくらい寝ていたのだろう。目を開けると窓から月明かりが差しこみ、部屋が青白い光で照らされていた。

おそらく深夜だ。あたりはシーンと静まり返っている。だからこそ、微かな物音がはっきり耳に届いた。

しばらくすると、再びカタッという小さな音と、畳が軋《きし》む音が聞こえてくる。誰かが部屋に入って襖を閉めたのだ。足音を忍ばせているが、少しずつ近づいてくるのがわかった。

(だ、誰だ?)

緊張と恐怖で体が硬直した。とにかく、状況を確認しようと薄目を開ける。そして、眼球だけを動かし、周囲を見まわした。

襖のほうから人影が歩み寄ってくる。月明かりは斜めに差しこんでいるため、その人物までは届いていない。身内なのか侵入者なのか判別できずにいた。

(い、いくぞ……)

とにかく、思いきって立ちあがろうとしたそのときだった。

「祐二さん」

ふいに遠慮がちな声が聞こえてきた。

(え……もしかして?)

慣れ親しんだ千鶴の声だった。

しかし、彼女が声もかけず部屋に入ってくるなどあり得ない。代々九條家に仕えてきた女中の家に生まれ育ったのだ。立場をわきまえており、どんな状況でも一線を越えることはなかった。

もしかしたら、聞き間違いだろうか。

戸惑っている間に、彼女は月明かりが届くところまで歩を進めてきた。照らし出されたのは、割烹着に白い三角巾をつけた千鶴の姿だった。

「な……なにをしてるんですか？」

思わず声をかける。時間を確認すると、すでに深夜一時になっていた。通いの女中である彼女は、とうに帰っている時間だった。

「驚かせてしまって申しわけございません」

千鶴は布団のかたわらに正座をすると、あらたまった様子で深々と頭をさげた。

「奥さまから言われて参りました」

彼女の様子はどこかおかしい。やけに声が弱々しく、祐二の反応を上目遣いにうかがっていた。

「響子さんに？」

祐二が身を起こそうとすると、千鶴がそっと肩に手を添えてきた。

「どうか、そのままで……」

そして、布団をそっと剝ぎ取っていく。祐二はスウェット姿で横たわったまま、困惑の目で彼女を見あげた。

「ど、どうしたの？」

「……夜のお世話をするようにと」

青白い月光のなかで千鶴がつぶやく。そして、スウェットの股間に手のひらを重ねて、やさしく撫でまわしてきた。

「ううっ、ちょ、ちょっと……」

瞬く間に甘い刺激がひろがり、海綿体がざわざわする。慌てて彼女の手首を摑んでやめさせた。

「奥さまに叱られてしまいます」

途端に千鶴は泣きそうな顔になった。

女中の彼女にとって、響子の命令は絶対だ。しかし、「夜のお世話」とは、どういうことだろう。昨夜の響子のように、祐二を射精に導くつもりではないか。いくら雇い主でも、女中にそんなことまでさせる権限はないはずだ。

（いったい、なにを考えてるんだ？）

祐二を手懐《てなず》けるため、千鶴に命じたのかもしれない。このまま野放しにしていたら、九條家はめちゃくちゃにされてしまう。とにかく、義母の好きにさせるわけにはいかなかった。

「早く帰らないと、旦那さんが心配するんじゃないですか？」

そう言った直後に、彼女の夫が本州に出稼ぎ中だったことを思い出す。もともとは漁師だったが漁獲量の減少にともない、現在は本州の自動車工場で働いている。とはいえ、島を捨てたわけではなく、あくまでも出稼ぎという形だった。

「今夜は祐二さんのお相手をさせていただきます」

彼女の手が再び、スウェットの上から男根に触れてくる。やさしく擦られると、血液が股間に流れこんでいくのがわかった。

「ち、千鶴さん……」

「お願いです、奥さまに言われていますから」

幼い頃からお世話になっている女中に懇願されると、強く拒絶することができなくなる。だからといって、放っておくわけにもいかなかった。

祐二が八歳のときから、千鶴は九條家で働いている。毎日、顔を合わせてきたので、ほとんど家族のような感覚だ。その千鶴に股間を悪戯《いたずら》されているのは、なんともばつの悪い感じだった。

「じゃ、じゃあ、俺のほうから響子さんに、千鶴さんはちゃんと仕事をしたって報告しておくよ。それならいいでしょ？」

妥協案を示すが、彼女は静かに首を横に振る。そして、芯を通しはじめた太幹を、布地越しにやんわりと摑んできた。

「うっ……」

「きっと奥さまに見抜かれてしまいます」

千鶴の声は弱々しい。女中として仕事を全《まっと》うしようとしているのか、それとも、よほど響子のことを恐れているのか。いずれにせよ、祐二の提案は受け入れられそうになかった。

「だ、大丈夫だよ、バレないよ」

そう言っている間も、スウェット越しにペニスを刺激されている。肉竿に巻きつけた指を微妙に動かされて、嫌でも意識が股間に向いてしまう。

「ううっ……」

「無理です。きっとわかってしまいます」

「俺が上手く言えば……くううっ」

祐二の声は、途中から快楽の呻き声に変わっていた。彼女の手の動きが速くなったのだ。シコシコと擦られて、先端から透明な汁が滲み出るのがわかった。

「うむっ、ま、待って……」

「明日、わたしからも、祐二さんの筆おろしの様子を事細かく報告することになっているんです」

信じられない言葉が、千鶴の口から紡《つむ》がれた。

「ふ……筆おろしだって？」

「はい、初体験のお相手をするようにと奥さまから……」

呆気に取られていると、千鶴はスウェットパンツのなかに手を潜りこませる。そして、ボクサーブリーフの上から男根を握ってきた。

「くおッ、な、なにを？」

薄い布地一枚を挟んで、千鶴の指が絡みついている。硬さを確かめるように、軽く握ったり緩めたりを繰り返してきた。

（初体験って、まさかそんな……）

まったく意味がわからない。なぜ響子はそんなことを千鶴に命じたのだろう。考えている間に股間から甘い刺激が伝播《でんぱ》して、思考がドロリと溶けてしまう。ペニスはさらに硬くなり、彼女の指の動きをしっかり受けとめていた。

「すごく熱くなってます、祐二さんのここ」

「うっ……ううっ」

家族同然の千鶴が男根を摑んでいるのだ。それだけでもゾクゾクするほど興奮するのに、彼女の指がゆったり動きはじめる。太幹をスローペースでしごかれて、腰に甘美な震えが走り抜けた。

「や、やめ……くううッ」

股間に血液が集まるほどに、抵抗力が薄れてしまう。彼女の手の動きに合わせて呻きながら、我慢汁を噴きこぼした。

「ズボン、おろしますね」

千鶴はスウェットパンツを引きさげると、つま先から抜いていく。さらに上もあっさり脱がして、ボクサーブリーフ一枚にされてしまった。ボクサーブリーフの股間が盛りあがっているのが恥ずかしい。しかも、グレーの布地の頂点部分には、黒っぽい染みがひろがっていた。

「あ、あの、千鶴さん……どうして？」

いくら九條家に仕える女中でも、ここまでする必要はないのではないか。雇い主に無理難題を言われたときは、断ってもいいのではないか。そんな素朴な疑問が沸きあがった。

「わたしは十八のときから、祐二さんのことを見てきました。当時は八歳で、とても可愛らしかったです」

千鶴が静かに立ちあがる。月明かりのなか、割烹着を外してシャツを脱ぐ。さらにスカートもゆっくりおろすと、片足ずつあげて抜き取った。

「あの祐二さんが、二十歳になられたと思うと……なんだか、とっても愛おしくて」

頬がほんのり染まっていた。

これで彼女が身に着けているのは、白い三角巾と生活感溢れるベージュのブラジャーとパンティだけだ。いつも近くにいたやさしい女中の下着姿は新鮮で、やけに艶めかしく胸に迫ってきた。

全体的に肉づきがよく、ふっくらしている。ブラジャーのカップからは乳房が溢れかけており、パンティが食いこんだ股間にも惹きつけられた。

（こ、これが千鶴さんの……）

思わずゴクリと生唾を飲みこんだ。

むちっとしたウエストからヒップにかけてもボリュームがある。とにかく、どこもかしこも柔らかそうで、包みこむような雰囲気の女体だった。

「ちょっと、恥ずかしいです」

睫毛《まつげ》を伏せてつぶやくが、それでも千鶴は両手を背中にまわしていく。ブラジャーのホックを外して、おずおずとカップをずらしていった。

「おおっ……」

双《ふた》つの乳房がまろび出ると、祐二は無意識のうちに唸っていた。

たっぷりとした柔肉が重たげに揺れている。大きめの乳輪の中心部には、小ぶりな乳首がちょこんと乗っていた。まるで紅色の座布団に座っているようで、愛らしくも淫らな姿だった。

さらに千鶴はパンティのウエストにも指をかけた。祐二の視線を意識しているのか、焦らすようにゆっくりとりずりさげる。鏡餅《かがみもち》を思わせる双臀が露わになり、ついつい首を持ちあげて凝視した。秘毛はうっすらとしか生えておらず、青白い月明かりの下でも縦溝が透けていた。

(ま、まさか、千鶴さんが……)

千鶴は白い三角巾だけをつけて、三十路《みそじ》の熟れた裸体を晒している。姉のようでもあり、母親のようでもあった彼女が、目の前で裸になっているのだ。まさかこんな日が来るとは思いもしなかった。

「ダ、ダメだよ……」

わけがわからないままつぶやくが、彼女は目もとを赤らめながらゆっくり迫ってくる。祐二の脚の間に入りこんで正座をすると、お辞儀をするように顔を股間に近づけてきた。

「ち、千鶴さんは結婚してるじゃないですか」

「奥さまの言いつけですから……さあ、楽になさってください」

祐二の声を聞き流し、ペニスの根元に両手を添える。そして、亀頭にチュッと口づけしてきた。

「うッ……ち、千鶴さん」

快感電流が走り、全身が思いきり波打ってしまう。それが恥ずかしくて、慌てて手足に力をこめる。ところが、再び裏筋にキスされると、またしても体がビクッと跳ねあがった。

「くうッ！」

女性の唇がペニスに触れている。未体験の刺激に気持ちが昂り、新たなカウパー汁が噴きだした。

「敏感なんですね。初々《ういうい》しくて可愛いです」

股間を見おろすと、千鶴が屹立したペニスの向こうから話しかけてくる。視線が絡むだけで、ますます気持ちが高揚した。

「あの祐二さんが、これほど立派になられて……はンンっ」

千鶴は感慨深げにつぶやきながら、太幹に柔らかい舌を這わせてくる。ネロリネロリと絡ませて、さも愛おしげに舐めまわす。垂れ流れるカウパー汁も、躊躇することなく啜りあげた。

「そ、そんな……ううウッ」

「祐二さんをお風呂に入れてさしあげたこと、懐かしく思い出します」

もちろん、祐二も覚えている。まだ小さかったころ、よく千鶴が風呂に入れてくれた。彼女は服を着たままだったが、髪と体を洗ってもらったことを覚えている。祐二はやさしい千鶴に懐いており、すべてを彼女に委《ゆだ》ねていた。

「ここも洗ったのですよ」

千鶴が上目遣いに祐二の目を見つめながら、太幹をねっとり舐めあげる。カリの周囲にも丁寧に舌を這わされて、つま先までピーンッと突っ張った。

「くおッ！」

「あのころは、オチ×チンもまだ小さかったんです。それが今ではこんなに太くて長くなって……ああっ、素敵です」

亀頭に吐息を吹きかけながら、ぱっくり咥えこんでくる。柔らかい唇をカリ首に密着させて、しみじみとした様子で締めつけてきた。

「うむッ……ち、千鶴さんと、こんな……」

いつか経験したいと思っていたフェラチオを、どういうわけか千鶴と体験している。子供のころから知っているやさしい女中が、勃起したペニスを頬張っていた。

「き、気持ち……おううッ」

たまらず腰がくねってしまう。彼女の口内に収まっている砲身に、舌がネロネロと這いまわっているのだ。得も言われぬ快感が沸きあがり、祐二は呻きながら己《おのれ》の股間を見おろした。

「あふっ……ンンっ……はむンっ」

千鶴が鼻を微かに鳴らして首を振りはじめる。舌を器用に使いながら、ゆったりと唇をスライドさせていた。三角巾をつけた頭が股間で揺れる様は、視覚的にも興奮を煽《あお》りたててくる。ペニスが蕩けそうな快楽だけではなく、心にも訴えかけてくるものがあった。

（こ、こんなにいいなんて……）

射精欲が膨らみ、慌てて全身の筋肉に力をこめる。気を抜くと一気に崩れてしまいそうで、懸命に尻の穴を引き締めた。

（響子さんも……）

ふと昼間見た響子の姿を思い出す。

義母は神主のペニスを咥えこんで首を振っていた。女なら誰でもこういうことをしているのだろうか。しかし、千鶴は人妻だ。いくら命じられたとはいえ、夫以外のペニスをしゃぶるなど、あってはならないことだった。

「や、やっぱり、こんなこと——」

「ンふっ、祐二さんの大きくて素敵です」

千鶴は祐二の声を遮り、さらに激しく首を振りたてる。ジュプッ、ジュポッと湿った音を響かせて、太幹を猛烈に吸いたてた。

「おおッ、そ、そんなに……ぬおおッ」

絶頂の波が近づいてくる。勝手に腰が浮きあがり、女中の口内にペニスを突きこんでしまう。亀頭の先端が喉の奥に当たるが、それでも彼女は休むことなく首を振りつづけた。

「あむッ……むふッ……はンンッ」

「そ、そんな、ぬううッ、出ちゃうよっ」

両手でシーツを握りしめて訴える。両脚が攣《つ》りそうなほど突っ張り、懸命に奥歯を食い縛った。

「まだ出さないでください」

あと少しというところで、千鶴がペニスを吐き出した。

「ううっ、ど、どうして……」

急に快感が途切れて、つい不満げな声が漏れてしまう。反り返ったペニスは彼女の唾液にまみれており、月光を妖しげに反射していた。

「筆おろしのお相手をするのが、わたしの役目ですから」

千鶴はそう言って祐二の股間をまたいでくる。両膝をシーツにつけた状態で、股間に片手を伸ばして肉柱の根元を摑んできた。

「ほ、本気……なの？」

「はい……」

三角巾をつけた千鶴が、やさしげな眼差《まなざ》しで見おろしてくる。いつものやさしい女中の顔だった。

しかし、重量感のある乳房は剝きだしで、大きめの乳輪までぷっくり隆起させている。股間を見やれば、秘毛越しに女の割れ目がうっすらと透けていた。昼間とは別人のような艶めかしい姿だった。

「で、でも……千鶴さんには、旦那さんが……」

「ここのところ会えてないんです。だから、身体が火照《ほて》ってしまって」

夫のことが脳裏をよぎったのかもしれない。千鶴は一瞬淋しげな表情を浮かべたが、すぐに気を取り直したように微笑んだ。

「ううッ、あ、当たってるよ」

亀頭の先端が陰唇に触れたらしい。ニチュッという湿った音が聞こえて、祐二の腰に愉悦の痺れが走り抜けた。

「祐二さんのお相手ができること、嬉しく思います」

千鶴が小さく息を吐きながら、ゆっくり腰を落としはじめる。亀頭の先端が二枚の陰唇をヌプッと押し開き、淫裂の狭間に埋没した。

「うおッ、は、入るよ、おおおッ」

想像していたより簡単に、亀頭が女壺のなかに嵌っていく。熱い媚肉が絡みつき、いったん収まっていた射精欲が膨らんだ。

「くううッ！」

熱い媚肉が絡みついてくる。まだ先端だけだというのに、大量の先走り液が噴きだした。

「ああンっ、やっぱり大きいです」

千鶴は亀頭を呑みこんだところで、いったん動きをとめる。そして、両手を祐二の腹に置き、亀頭と膣を馴染ませるように腰をまわす。それから、再びじわじわ腰を落として根元まで完全に挿入した。

「はンンっ、入りました、祐二さんのオチ×チンが全部……」

「ううッ、ち、千鶴さんっ」

快感と同時に、思いがけない感動が押し寄せてくる。まったく予期していない形とはいえ、童貞を卒業できたのだ。

（俺も、ついに……や、やった、やったぞ！）

頭のなかが真っ赤に染まっていく。普通の状況ではないが、初めてセックスできたことは単純に嬉しかった。しかも相手が千鶴というのも、身内と関係を持ったような背徳的な興奮があった。

「これで、祐二さんも大人の男ですね」

「千鶴さん……お、俺……」

「わたしも嬉しいです。祐二さんの初めてのお相手ができて……」

やさしい眼差しを向けられて、ふいに胸が熱くなる。思えば、いつでも千鶴は祐二の味方だった。

厳しい父親に叱られたあとなど、いつもさりげなく慰めてくれた。遊び相手になってくれたこともあるし、黙って抱きしめてくれたこともある。女中という立場上、一歩引いてはいたが、祐二にとっては姉のような存在だった。とにかく、いつも陰ながら見守ってくれていた。

「お、俺……千鶴さんと……うううッ」

腹の底から悦《よろこ》びがこみあげてくる。初めての相手が千鶴でよかったと心底思う。彼女も嬉しそうに目を細めて、ゆっくり腰をくねらせた。

「はああンっ、祐二さんの大きいから……」

彼女が腰を揺らすたび、カリ首が膣壁にめりこむのがわかる。女壺全体がうねり、男根がやわやわと絞りあげられた。

「うううッ！」

つい大きな呻き声が漏れてしまう。同じ屋根の下に、響子と綾香がいることを忘れたわけではない。それでも初めての女体がもたらす快感は強烈で、どうしても声を我慢できなかった。

「き、気持ちよすぎて……声が……くううッ」

「大丈夫です。わたしにおまかせください」

千鶴がいつものように穏やかな口調で言うと、根元まで繋がった状態で上半身を倒してくる。女体をぴったり重ねて、いきなり唇を奪ってきた。

「ンふぅっ」

「んっ、んんっ！」

騎乗位で繋がりながら、唇を完全に塞がれる。こうすることで声が漏れないようにしているのだろう。さらには舌が唇の表面を這いまわり、隙間からヌルリと入りこんできた。

(お、俺は、キスしてるんだ！)

じつはこれが祐二のファーストキスだった。

童貞を捧げたうえに、初めてのキスを交わしている。昔から知っている女中が、すべてを教えてくれたのだ。

どうすればいいのかわからず固まっていると、彼女がやさしく舌を絡めてくる。舌を掬いあげるようにして、粘膜を擦りつけてきた。

「はむっ……あふンっ」

舌を吸われると、それだけで頭の芯がジーンと痺れていく。ヌルヌルした感触が心地よくて、ペニスがますます反り返る。すると、膣襞《ちつひだ》がザワめき、太幹の表面を這いまわった。

「ぬううぅッ！」

女壺の感触が顕著《けんちょ》になり、快感曲線が跳ねあがる。愉悦はかつて経験したことのないレベルに達して、いつ暴発してもおかしくない状況だ。

（き、気持ちよすぎて……くううッ）

もはや我慢汁がとまらず、早くも悦楽の波が押し寄せている。だが、いくら初めてのセックスでも、もう少し粘りたかった。

「うむううッ」

なんとか射精をこらえようと、括約筋《かつやくきん》を全力で締めつけた。すると、千鶴が腰をゆったり振りはじめる。ディープキスをしたまま股間を擦りつけるような動きで、腰を前後に揺すりたてた。

「ううッ、うううッ」

凄まじい快感だった。頭のなかが真っ赤に燃えあがり、もうどこに力を入れればいいのかわからない。ペニスを口を同時にねぶられて、経験したことのない愉悦の嵐に巻きこまれた。

「ンぁっ……はンンっ」

千鶴の鼻にかかった声と、口内に流しこまれる甘い唾液も興奮を煽りたてる。胸板に押し当てられている乳房の感触もたまらない。柔らかくひしゃげており、腰の動きに合わせて大胸筋を擦りあげてきた。

(ああっ、き、気持ちいい！)

初めてのセックスに酔いしれて、いつしか祐二も積極的に舌を伸ばしていく。彼女の口内を舐めまわし、とろみのある唾液を吸いあげては嚥下《えんげ》した。

「うむッ、千鶴さんっ」

無意識のうちに股間を突きあげる。彼女の前後の動きに、祐二の上下動が加わり、より複雑な快感が生み出された。

「あふッ、そ、そんなに突いたら、ああンっ」

千鶴も感じてきたのか、唇を離して喘ぎだす。腰の動きが激しくなり、女壺がうねうねと蠕動《ぜんどう》した。

「くううッ、も、もうっ、うううううッ」

凄まじい快感が押し寄せてくる。ペニスが吸いあげられるようで、もはや我慢のしようがない。祐二は欲望のままに股間を突きあげて、女中の蜜壺をこれでもかと抉《えぐ》りまくった。

「ああッ、ああッ、祐二さんっ」

「おおおッ、もうダメだっ」

ブリッジする勢いで腰を持ちあげて、男根を思いきり叩きこむ。亀頭が女壺の最深部に到達すると同時に、精液が一気に尿道を駆け抜けた。

「おおおッ、出るっ、出る出るっ、くおおおおおおッ！」

鮮烈な悦楽が脳髄《のうずい》を灼きつくし、全身がビクビクと痙攣する。これまで経験したことのない感覚に戸惑いながらも、媚肉に包まれて射精する快楽に溺れていった。

「あああッ、い、いいっ、わたしもイキますっ、イクっ、イキますううッ！」

ザーメンを注ぎこまれた衝撃で、千鶴もアクメの嬌声を響かせる。上半身を起こすと、太幹を全力で締めつけながら背筋を弓なりに反らしていった。

「あぁっ……祐二さん」

絶頂に達した千鶴は、まるで糸が切れた操《あやつ》り人形のように倒れこんでくる。祐二はとっさに両手をひろげて、女体をしっかり抱きとめた。

深く繫がったまま、どちらからともなく唇を重ねていった。

頭の芯まで痺れきっている。祐二は快楽の余韻と童貞喪失の感激にどっぷりと浸っていた。

第三章　兄嫁の悶え

1

帰島三日目──。

午前中、九條家の居間で三回忌の法要が滞《とどこお》りなく執《と》り行われた。

黒ネクタイを締めるのは、四十九日以来だ。喪服を身に着けると、あらためて父が亡くなったことを実感させられた。

後妻の響子は、九條家の家紋が入った黒紋付に身を包んでいた。髪を結いあげており、この日ばかりは神妙な顔をしている。どこからどう見ても、淑やかな未亡人という雰囲気だった。

だが、祐二は裏の顔を知っている。

昨日は神主の股間にまたがって腰を振っていたのだ。ペニスを美味《うま》そうに舐めしゃぶり、巧みな腰使いで絶頂に導いた。あれが響子の本性に違いない。妖艶《ようえん》に乱れた姿は、瞼《まぶた》の裏にしっかり焼きついていた。

続々と集まってくる島民たちに響子が頭をさげるたび、白いうなじがチラリと見える。後《おく》れ毛が二、三本垂れかかっており、ついつい視線が吸い寄せられた。

認めたくはないが、義母が眩《まばゆ》かったのは事実だった。

伏し目がちに立っているだけで、未亡人の悲哀が滲んでいた。それでいながら、隠しきれない色香が喪服に包まれた女体から漂っている。不謹慎なことに、浴室で陰茎をしごかれた記憶がよみがえり、祐二は気持ちを引き締めなければならなかった。

綾香の黒紋付姿にも目を奪われた。

黒髪を結いあげているため、首筋が露わになっている。終始うつむき加減で、肌の白さにドキリとさせられた。

綾香は夫の貴久を気遣って隣に立ち、島民たちに挨拶している。ところが、誰もが素っ気なかった。九條家当主で村長でもある貴久をないがしろにして、島民たちは響子のまわりに集まっていた。

（なんなんだ、これは？）

異様な光景に愕然としてしまう。

島を出ていった自分が相手にされないのはわかる。だが、兄は違う。九條家の当主だ。それなのに人々の関心は、当主を差し置いて義母ひとりに向いていた。島民たちは響子が当主だと勘違いしているのではないか。本気で心配になるほど、響子は圧倒的な存在感を示していた。

いずれにせよ、響子が島民たちに受け入れられているのは確かだった。

本州から流れてきて、島で唯一の飲み屋で働いていた余所者の女が、いつしか九條家の人間として認知されていた。

島を離れていた一年の間に、なにがあったというのだろう。島民たちから一目《いちもく》置かれている神主とも、響子は深い関係を築いている。どう見ても恋愛感情はなかったので、なにかを企《たくら》んでいるとしか思えなかった。

(まさか、本気で島を……)

やはり支配するつもりなのかもしれない。断片的な事実を繋ぎ合わせると、そう考えるのが自然に思えた。

父に接近して後妻として九條家に入りこんだこと、島の有力者である神主を籠絡《ろうらく》していること、いつしか島民たちと仲良くやっていること。すべてが計算ずくに見えてしまう。

祐二の疑念は深まっていく一方だった。

どうして父はこんな女と関わってしまったのだろう。

父は厳しい人だったが、島のために尽くすという信念を持っていた。決して私利私欲に走るようなことはしなかった。それだけに、響子の色香に惑わされたことが、いまだに納得できずにいた。

あれは祐二が小学校低学年のころだったと記憶している。

巨大な台風が沖ノ果島を直撃して、甚大な被害が出たことがあった。農作物はほとんどやられて収穫できず、漁船も何艘《なんそう》か沈んだらしい。漁もできなくなり、島民たちは途方にくれた。

そのとき、大悟は島の人たちのため、迷うことなく私財を投じたのだ。

苦難を乗り越えて、沖ノ果島は再建した。農業も漁業も軌道に乗り、もとの生活が戻ってきた。人々が感謝したのは言うまでもない。ところが、再建にかかった費用のいっさいを、大悟は受け取ろうとしなかった。

——九條家の当主として、また村長として、島を守るのは当然のこと。

父が島民たちに語った言葉は今でもはっきり覚えている。

祐二はそんな父のことを尊敬し、また誇りにも思った。そして、九條家に生まれた意味を考えさせられた。島を守るのは九條家の使命だ。当主になるのは兄だが、次男の自分は兄を支えていこうと心に誓った。

それなのに、響子を後妻に迎えてから父は変わってしまった。

昼間から二人きりで寝室に籠もることもあり、家族の会話は極端に減少した。まるで響子のことにしか興味がないようだった。

尊敬していただけに、変質した父の姿に落胆した。それと同時に父を腑《ふ》抜《ぬ》けにした響子を心の底から恨んだ。

(あの女が来てから、すべてがおかしくなったんだ)

父も村人たちも、みんな変わってしまった。

だが、祐二の思いは昔のままだ。手で射精に導かれたのは不覚だったが、心までは流されないと決めていた。

昼前には三回忌の法要が終わり、島民たちがばらばらと帰りはじめる。このあと村の有力者たちだけが残り、会食をすることになっていた。

貴久と綾香、そして響子が島民たちを見送った。

祐二も近くに立っていたが、あえて誰とも目を合わせずにいた。島を捨てた裏切り者に話しかけられても、島民たちは困るだろう。どうせ無視されるのなら、黙っていたほうがましだった。

「ゆうちゃん、久しぶりだね」

ふいに声をかけられてはっとする。うつむいていた顔をあげると、そこには懐かしい顔があった。

「ゆ、有紀《ゆき》ちゃん」

突然のことに声が上擦ってしまう。目の前に立っていたのは、ひとつ年上の幼なじみ、里田《さとだ》有紀だった。

物心ついたころから遊んでいた仲だ。島には同い年の子供がいなかったので、いつも有紀といっしょだった。彼女の学年もひとりだけだったため、まるで姉弟のように接していた。

「もう三回忌なのね。この家に来ると、おじさんが奥から出てきそうな気がするわ」

「うん……今日は来てくれてありがとう」

二人の視線が絡み合い、熱いものが心をよぎった。

ただの友だちとは異なる特別な感情がある。それが恋と呼べるものかどうかはわからないが、単なる好意とは違っていた。きっと彼女も同じ気持ちなのだろう。アーモンド形の瞳が微かに揺れて、息を呑むのがわかった。

「しばらく見ないうちに、ずいぶん大人っぽくなったね」

有紀が目を細めて見つめてくる。

普通に話しかけてくれたことで心が揺れた。誰もが祐二の前を素通りするのに、彼女だけが足をとめてくれたのだ。なんだか照れ臭くて顔が火照り、耳までカーッと熱くなった。

「そ、そっちこそ、大人の女って感じじゃないか」

本当は嬉しいのに、ついぶっきらぼうな口調になってしまう。言葉を交わしていると、すぐに昔の感覚が戻ってくる。赤くなった顔を隠したくてそっぽを向くが、彼女は構うことなく覗きこんできた。

「それって、褒めてくれてるの？」

有紀はワンピースタイプの喪服を纏《まと》っている。黒髪のショートカットが元気な印象だが、三回忌ということもあり声のトーンを意識的に落としていた。それでも、愛らしい顔だちをしているので、華《はな》やかさは隠せていなかった。

「別に、そういうわけじゃ……」

口ではそう言うが、二十一歳になった彼女には惹きつけられるものがある。

子供のころは、毎日飽きもせず山を駆けまわって虫捕りをしたり、海で泳いだりしたものだ。それなのに、あらためて面と向かって話すと照れてしまう。

有紀のことを女性として見るようになったのは、いつごろからだろうか。でも、その前に家柄を意識するようになった。いや、正確には彼女のほうが意識するようになったのだ。

子供だった祐二と有紀は、家のことなど気にしたこともなかった。しかし、成長するにつれて、少しずつわかってきた。島の盟主である九條家と、漁師のひとり娘である有紀では、立場が違うということが……。

とはいっても、幼なじみであることに変わりはない。微妙な距離ができた時期もあったが、祐二が本島の高校に通う年になると再び二人は接近した。なにしろ、定期船は朝と夕方の一日二回だけ。登下校が必ずいっしょになるので、必然的に言葉を交わす機会も増えていった。

セーラー服姿の有紀を懐かしく思い出す。定期船で潮風に吹かれて、スカートがひるがえっていた姿を覚えている。頬を染めながら手で押さえる仕草が好きで、密かに見惚《みと》れていた。

祐二が高三になった年、有紀は本島の看護学校に通うようになった。あのころ、私服姿の彼女が遠くに感じられた。響子のこともあって心を閉ざしていた祐二は、以前のように話せなくなってしまった。

　そして、高校を卒業すると同時に祐二は島を離れた。幼なじみの有紀にも相談することなく、黙って島から出ていったのだ。

「元気そうでよかった」

　ふいに有紀が真面目な声でつぶやいた。

「新潟で働いてるんでしょ？」

「うん、まあ……有紀ちゃんは、看護婦さんになったんだって？」

　彼女の近況は、千鶴と雑談しているときに教えてもらっていた。

「うん、診療所で働きはじめたの。これでもナースなんだから」

　有紀がおどけて胸を張ってみせる。この春、三年制の看護学校を卒業したばかりだという。

「診療所か、懐かしいな」

　せっかく看護婦になれたのに、島の診療所で働くのはもったいない気がした。島民たちは頼りにしているが、重森道雄《みちお》という六十近い独身医師がひとりだけの小さな診療所だった。

「せめて本島に行けばいいのに」

本島なら少しはましな病院がある。沖ノ果島から通勤することも、不可能ではないだろう。

「でも、島から出たくないから」

彼女の不意打ちの言葉が胸に響いた。

悪気がないのはわかっているが、祐二には島から出ていった負い目がある。咎められている気がして、つい黙りこんでしまった。

「あ、ごめんね。そういうつもりじゃないの」

有紀が慌てた様子で声をかけてくる。祐二を傷つけたことに気づいたのだろう、懸命に言葉を重ねてきた。

「わたしは、どんなことがあってもゆうちゃんの味方だよ。島の人がいろいろ言っても、わたしはゆうちゃんのことわかってるから」

まっすぐ目を見つめてくる。熱い眼差しから彼女の気持ちが伝わってきた。

「……ありがとう」

気を使ってくれることがなにより嬉しい。ひとりじゃないと思えて、胸の奥が温かくなった。

「しばらく居るんでしょ？」

「うん……」

「じゃあ、診療所に遊びに来てよ。いろいろ話したいこともあるし。明日の午前中は先生が往診でいないの」

有紀が軽く手を振って帰っていく。他の島民たちが冷たい目を向けてくるのに、彼女は気にすることなく普通に接してくれた。

（有紀ちゃん……）

祐二は心のなかで、もう一度彼女の名前を呼んだ。

高校時代、何度も告白しようと思った。じつは、有紀が初恋の人なのだ。でも、振られるのが怖くて、気持ちを伝えることができなかった。

そんな彼女が味方だと言ってくれたのだ。島民たちに邪険にされている祐二にとって、これほど心強いことはなかった。

2

九條家の居間に島の有力者だけが残って会食がはじまった。神主と網元《あみもと》、警察官と役場の財務課長の四人だ。

当主の貴久は最初に挨拶だけすると、断って退席した。

三回忌の法要の間はがんばっていたが、やはり長時間となるとつらいらしい。悪いけど横になるからあとは頼むと祐二らに言って、寝室にさがっていった。

喪服姿の響子と綾香、それに祐二が参列者の相手をしている。とはいっても、祐二は響子の隣に座っているだけで口は開かない。島を出た自分がなにか言えば、雰囲気が悪くなるだけだとわかっていた。

座卓には島の近海で獲れた魚の刺身や煮付け、千鶴が採ってきた山菜のお浸し、島で収穫した里芋の煮っころがしなどが大皿に載って並んでいる。料理は昨日から千鶴が準備していたものだ。

千鶴は喪服から割烹着に着替えて、忙しそうに給仕をしている。なにしろ男たちが遠慮なく酒を飲むので、まったく休む暇がなかった。

「千鶴さんや、熱燗《あつかん》のおかわりを頼む」

神主の大藤耕造が、空になったお銚子《ちょうし》を振ってみせる。すっかりリラックスしており、酒で顔が赤く染まっていた。

「はい、ただいまお持ちします」

盆を持った千鶴が歩み寄る。正座をしてお銚子を受け取ると、神主がすかさずスカートの上から尻を撫でた。

「きゃっ……」

「なんだ、おおげさな声をあげて」

耕造がにやつきながら、さらに双臀を揉みしだく。尻肉にしっかり指が食いこんでいるのが見える。スカート越しとはいえ、あり得ない行為だった。

「おいおい、神主さん、そんなことしたらダメだよ」

注意をしたのは、隣に座っていた網元の浜中八郎《はまなかはちろう》だ。

頭がツルツルに禿《は》げあがった中年男で、相撲取りのように太っている。沖ノ果島の漁師たちを束ねている男で、相当酒が強いらしく冷酒を水のように飲んでいた。

「女中さんの尻は、やさしく揉まないと」

横から手を伸ばして、千鶴の尻たぶを撫でまわす。八郎は数年前に妻を亡くして独り身のため、欲望が暴走をはじめているようだ。

「ああンっ、浜中さん」

悪戯《いたずら》されているにもかかわらず、なぜか千鶴はさほど嫌がる素振りを見せない。それどころか、まるで悦ばせるようにくなくなと腰を振っていた。

「熱燗、つけてきますね」

「俺は冷やでいいんだよ」

八郎は尻から手を離すことなく、執拗に撫でつづけている。耕造も再び手を伸ばして、尻たぶに指をめりこませた。

「はあンっ、神主さま」

千鶴の弱々しい声が居間に響き渡った。

その様子を目にして、響子が頬に薄い笑みを浮かべていた。見かねた綾香が、助けに入ろうと腰を浮かしかける。ところが、すかさず響子が抑揚のない声で制した。

「参列者の方のご気分を害するようなことをしてはなりません」

確かにそうかもしれないが、これは度が過ぎている。酔っ払いの暴挙を放っておくのも違う気がした。

千鶴は手を振り払うこともせず、その場に立ち尽くしている。じっとしている必要はないと思うが、律儀にされるがままになっていた。

「お酒を持ってきますから……」

「そんなに急がなくてもいいぞ」

「もう少し揉ませてくれよ」

二人は女中を困らせて楽しんでいるらしい。さらに耕造が尻肉を揉みしだき、八郎がスカートの上から臀裂をすっと指先でなぞりあげた。

「ひンンっ、そ、そこはダメです」

千鶴の身体がピクッと反応する。危うくお銚子を落としそうになり、もう片方の手で慌てて押さえた。

「ははは、愉快愉快」

「ふははは、行っていいぞ」

耕造と八郎の笑い声が響き渡る。なにが楽しいのかわからず、祐二は隅でお茶を飲みながら苛々《いらいら》を募らせていた。

(千鶴さんも千鶴さんだ。どうして、もっと嫌がらないんだ)

女中という立場上、強く言えないのかもしれない。それでも、筆おろしをしてくれた女性が、下品な親父たちに悪戯されているのを見るのは忍びなかった。

「おーい、こっちにも酒をもらえませんか」

千鶴が台所に消えると、今度は松田順平《まつだじゅんぺい》が騒ぎはじめた。

村でただひとりの警察官で、島民たちから親しみをこめて「駐在さん」と呼ばれている。二年前、三十歳のときに本島からやってきて、今では生粋《きっすい》の島民のように馴染んでいた。ひとり者で花嫁募集中ということだが、島に若い女は少ないので、しばらく結婚はできないだろう。

「わたしにもお願いできますか」

順平の隣に座っている倉本英伍《くらもとえいご》も、赤い顔で手を振っている。

銀縁の眼鏡をかけて、髪をぴっちり七三にわけた生真面目そうな男だ。沖ノ果島役場の財政課長を務めており、結婚してずいぶん経っている。中肉中背で、確か四十半ばのはずだった。

「綾香さん、お二人のお相手をしてきなさい」

響子が平然と命じると、綾香は反論できずに立ちあがる。当主の妻として、参列者の相手をするのは当然といえば当然だった。

(大丈夫なのか?)

先ほどの耕造と八郎の様子を見ていたので、一抹《いちまつ》の不安に駆られていた。

「失礼いたします」

綾香が遠慮がちに声をかけながら、二人の間に正座をする。途端に順平と英伍は相好を崩した。

「お酒ですね。すぐにお持ちします」

作り笑顔が硬かった。空になったお銚子に手を伸ばすが、男たちが左右から迫ってきた。

「いえいえ、綾香さんが来てくれたならそれでいいんですよ」

順平は馴れ馴れしく名前を呼ぶと、綾香の腰に手をまわしこむ。そして、喪服の上からくびれを撫ではじめた。

「あっ……ちゅ、駐在さん、困ります」

腰をくねらせるが、綾香は強く抗うことができない。響子の目もあり、参列者を邪険にできないという意識が働いているのだろう。

「僕はまだ独身なんですよ」

順平は女体を抱き寄せるようにして、執拗に腰を撫でまわしている。綾香は眉を困ったように八の字に歪めるが、男を突き放すことができずにいた。

「そ、それがどうかなさったのですか？」

「冷たいこと言わないでください。わかるでしょう？」

あろうことか、人妻の綾香に迫っている。警察官がこんなことをして許されるわけがない。ところが、反対側から英伍も腰に手をまわしてきた。

「奥さん、あんたも意地を張らないほうがいい」

「あンっ、倉本さん？」

「旦那は寝たきりなんだろう、わたしが相手をしてやろうじゃないか」

生真面目そうな顔をしているが、英伍も下品な言葉を並べたてる。酒が入っているとはいえ、あまりにも失礼な言動だった。

「夫は寝たきりでは……少し体が弱いだけで……ああっ」

英伍の手が、喪服の上から乳房に押し当てられる。柔肉を揉みしだかれて、綾香は首を弱々しく左右に振りたてた。

「こ、困ります」

「少しくらいいいじゃないか。ほう、服の上から触っても柔らかいぞ」

結婚しているのに、平気で人妻に悪戯を仕掛けている。しかも、綾香は九條家の当主、貴久の妻だ。貴久は村長でもある。つまり、役場に勤務する英伍の上司にも当たるのだ。それなのに、平気で迫るとは普通ではなかった。

「ああっ、おやめください、わたしには主人が……」

「どれどれ、僕にも触らせてください」

反対側からは順平が手を伸ばしてくる。左右の乳房をそれぞれ揉まれて、綾香の身悶えが大きくなった。

「あっ……いやっ……いやですっ」

本気で嫌がっているが、男たちはやめようとしない。それどころか、乳房を好き放題に揉みしだいていた。

「いいぞいいぞ、もっとやれ」

「ほう、なかなかの余興じゃないか」

向かいの席から見ていた耕造と八郎が盛りあがる。二人とも目を血走らせて、口もとに笑みを浮かべていた。

「あらあら、殿方に迫られて満更《まんざら》でもないみたいね」

響子もからかうように声をかける。義母にもかかわらず、助けるつもりはないらしい。唇をニヤリと歪めて、綾香が嬲《なぶ》られていく姿を眺めていた。

(こんなことが許されていいのか？)

祐二は怒りのあまり拳を握りしめて、奥歯をギリギリと強く噛んだ。

当主の貴久が病弱でまともに仕事ができないため、兄嫁の立場も弱くなっているのだろう。だからといって、村人たちの暴挙を許すのは違う。こうしている間も、男たちの悪戯は加速していた。

「お願いです、夫が……主人がいるんです」

「どうせ、あいつは役に立たないでしょう」

「奥さんも溜《た》まってるんじゃないですか？」

順平と英伍が下卑《げび》た笑みを漏らして、喪服の襟もとから手を入れようとする。綾香は身をよじるが、二人の男は強引だ。襟が少し開いて、細い鎖骨がチラリと覗いてしまう。

「ああっ、おやめください」

抗う声は弱々しい。瞳に涙を滲ませて、眉をキュウッとたわめていく。綾香は襟を懸命に掻《か》き合わせるが、順平と英伍はいっこうにやめる気配がない。このままでは裸に剝かれてしまうのではないか。

「やめてください！」

あまりの暴挙を見かねて、祐二は思わず声をあげていた。

直後にはっとするが、もう発言を取り消すことはできない。男たちが何事かと振り返ると、祐二は腹にぐっと力をこめてにらみ返した。

「義姉《ねえ》さんがいやがってるじゃないですか」

できるだけ怒りを抑えて平静を装ったつもりだ。自分がなにか言えば、反発を買うのはわかりきっていた。

「次男坊もいたのか」

「なんだか、しらけちゃいましたね」

二人は溜め息混じりに言うと、綾香の身体から手を離す。そして、聞こえよがしに話しはじめた。

「島を出ていったのに、ずいぶん偉そうだな」

「よく恥ずかしげもなく戻ってこられましたね」

順平がつぶやけば、英伍も嫌みったらしく言い放つ。それを聞いた耕造と八郎も、納得したように頷いていた。

解放された綾香が自分の席に戻ってくる。祐二に向かって小さく頭をさげると、今にも泣きだしそうな顔でうつむいた。

やがて千鶴が酒を持って戻り、男たちにお酌《しゃく》をしてまわった。礼によってスカートの上からヒップを撫でられたり、割烹着越しに乳房を揉まれたりする。それでも、千鶴は激しく抵抗することはなかった。

(なんなんだ、これは?)

祐二は憤りを隠せずにいた。

三回忌の会食の席とは思えない破廉恥《はれんち》さだ。これでは父が浮かばれない。男たちがただ宴会をしているだけだった。

　こんなことになったのは、きっと響子のせいに違いない。あの女が島の秩序を乱しているのだ。昨日は耕造と肉体関係を持っているところを目撃している。しかも、どう見ても初めてではなかった。

　もしかしたら、他の男たちとも関係があるのではないか。会食の最中、男たちはちらちらと響子に視線を送っていた。響子は受け流しているようでありながら、ときおり意味ありげな瞳で見つめ返すこともあった。

　男たちをその気にさせて、いったいなにを企んでいるのだろう。とにかく、この女が九條家に入りこんだことで、すべてが変わってしまったのだ。

　その後、祐二はその場にいるだけで、むっつり黙りこんでいた。

　自室に戻りたかったが、九條家の者として、当主の弟として席を外すわけにはいかない。それに、なにより兄嫁のことが心配だった。

　綾香もほとんどうつむいていた。男たちに声をかけられたときは顔をあげるが、表情は暗かった。きっと彼女も男たちの下劣さに閉口しているのだろう。綾香をひとりにするわけにはいかなかった。

　いつしか日が傾き、西の空が茜《あかね》色に染まっていた。

すでに蛍光灯をつけている。このまま夜の宴会に突入するのかと思ったが、男たちは酒の臭いをさせて、呂律《ろれつ》がまわらなくなっていた。四人とも散々飲み食いして満足したようだった。

「みなさん、本日はお忙しいなか、ご足労いただきありがとうございました」

響子があらたまった様子で挨拶する。ようやく会食がお開きとなり、男たちが帰ることになった。

「奥さまとわたしでお見送りするので、休憩なさっていてください」

千鶴がそっと耳打ちしてきた。わざわざ断りを入れるようなことだろうか。その言い方が、なにか心に引っかかった。

「見送るって、どこまで行くんですか？」

「ちょっと遅くなると思いますけど、心配なさらないでくださいね」

質問に答えることなく、千鶴は背を向けてしまう。そして、四人の男たちと響子を追って、居間をあとにした。

玄関の引き戸を開閉する音が響き、浮かれた調子の声が遠ざかっていく。男たちを家まで見送るのだろうか。いくら島の有力者たちとはいえ、そこまでする必要があるのか疑問でならなかった。

3

兄嫁と二人きりになった居間は、先ほどまでの騒ぎが嘘のように静かだった。

互いに口を開かず、気まずい空気が流れている。男たちに悪戯されるところを見られた綾香は、羞恥と屈辱を噛みしめるようにうつむいていた。声をかけることしかできなかった祐二も、己の弱さを自覚して自己嫌悪に陥っていた。

かなり騒いでいたと思うが、貴久は一度も起きてくることはなかった。

夫婦の寝室が居間から離れていることに加えて、三回忌の法要で疲れきっていたのだろう。おそらく、眠りが深かったに違いない。

(兄さんが、もう少ししっかりしていれば……)

綾香は大変な目に遭っていたのだ。体が弱いので仕方ないとはいえ、兄のことを責めたくなってしまう。

そんなことをぐるぐる考えていると、綾香が黙って片付けをはじめた。空いている皿を、運びやすいように重ねていく。祐二も腰を浮かせると、お銚子やお猪口《ちょこ》を一カ所に集めていった。

黙々と手を動かす綾香の顔はひどく悲しげだ。喪服姿ということもあって、なおのこと悲壮感が溢れていた。元気づけてあげたいが、この状況でなにを言えばいいのかわからなかった。

島民たちの態度は理解の範疇《はんちゅう》を超えていた。響子の言動もおかしかった。見て見ぬ振りどころか、男たちを煽《あお》っていたのだ。そして今、見送ると言って、どこかに出かけていった。

どう考えてもおかしい。先ほどは苛立っていたので思いつかなかったが、尾行すればなにかを摑めるかもしれない。

「俺も行ってくるよ」

慌てて追いかけようとしたときだった。

「うっ……うぅっ」

突然、綾香が嗚咽《おえつ》を漏らしはじめた。

男たちの卑劣な行為を思い出したのだろう。座布団の上に力なく横座りして、両手で顔を覆い隠した。

「義姉さん……」

それ以上、言葉がつづかない。あんな目に遭った兄嫁を、どうやって慰めればいいのだろう。

「あの人がいてくれれば……うっぅうっ」

綾香は夫に助けてほしいと願っていた。叶《かな》わぬ願いだとわかっているからこそ、欲してしまうのだろう。

「きっと兄さんはよくなるよ」

祐二は懸命に言葉を絞りだした。少しでも励ましたい一心だった。

ところが、綾香は黙りこんでしまい困惑する。そして、不謹慎だと思うのだが、喪服ではらはらと涙を流す兄嫁の姿は、凄絶《せいぜつ》なまでの美しさで、ついつい見惚れてしまった。

「ね……義姉さん」

気づくと兄嫁の肩に手をまわしていた。頭で考えたわけではなく、体が勝手に動いてしまった。

「あ……」

綾香は小さな声を漏らしたが、肩をすくませたのは一瞬だけだ。すぐに脱力して、すっと寄り添ってきた。

黒髪を結いあげた頭がすぐ目の前にある。いつも気丈に振る舞っている兄嫁が、縋《すが》るように体重を預けていた。

「しばらく、このままで……」

か細い声で告げると、胸板に頬を押し当ててくる。兄の前では懸命に耐えていたらしい。ずっと病弱な夫を支えてきたのだ。どんなにつらくても、泣くことはできなかったのだろう。

祐二は黙って綾香の肩を抱いた。下手な言葉をかけるより、こうして胸を貸してあげることが彼女のためになると思った。

ガラス戸越しに見える空は、茜色から濃い藍色に変化している。

綾香は胸もとに縋りつき、声を押し殺すようにして泣きつづけた。祐二は兄嫁の背中をひたすら擦っていた。

ひとしきり涙を流してすっきりしたのか、綾香は急に泣きやんだ。と、次の瞬間、さらに強く抱きついてきた。

「祐二くんっ」

「あっ……」

ふいに体重をかけられてバランスを崩してしまう。彼女の背中に手をまわしたまま、祐二は仰向けに倒れこんだ。

畳なので問題ないが、押し倒された驚きは大きかった。

綾香が折り重なり、ちょうど右脚にまたがった状態になっている。喪服に包まれた膝で、祐二の右の太腿を挟みこむ格好だった。

「ね、義姉さん？」

綾香が胸もとから見あげてくる。甘い吐息が吹きかかる距離で、瞳はしっとり濡れていた。

「あ、あの……？」

「さっきは助けてくれて……ありがとう」

艶やかで張りのある唇から、感謝の言葉が綴られる。祐二は兄嫁の切なげな表情を見おろして、胸が締めつけられるのを感じていた。

「い、いえ……俺なんて、なにも……」

礼を言われるほどのことはしていない。

どう対処すればいいのかわからず、しばらく傍観していたのだ。声をあげるだけでいいなら、もっと早く助けられていた。判断が遅れたために、彼女の苦痛を増大させてしまった。

「なにもできなくて、すみませんでした」

あの男たちを殴り飛ばせたら、どんなにすっきりしたことだろう。しかし、そんなことをすれば、響子がなにを言い出すかわからない。兄嫁の立場もますます悪くなるに決まっていた。

「祐二くんがいなかったら、どうなっていたか……」

綾香が折り重なったまま語りかけてくる。

確かに危険な感じがした。喪服の上から乳房を揉まれただけではなく、襟もとから手を入れられそうになったのだ。あのとき、チラリと見えた鎖骨が瞼の裏に焼きついていた。

もし声をかけなかったら、兄嫁の乳房を拝むことができたのだろうか。

(義姉さんの……)

想像した途端、股間がズクリと疼《うず》いてしまう。

こうしている今も、彼女の乳房が祐二の肋《あばら》に触れていた。布地越しとはいえ、双乳の柔らかさがはっきり伝わってくる。ふんわりと儚《はかな》げで、思いきり揉みしだきたい衝動がこみあげた。

「あンっ」

ふいに綾香の唇から甘い声が溢れだす。瞳はますます潤み、なにかを訴えるように見つめてきた。

「当たってるの……」

囁くような声だった。彼女が微かに身をよじると、股間が擦れて快感の波が湧き起こる。兄嫁を慰めるつもりで抱き合っていたのに、いつの間にかペニスが硬く芯を通していた。

「す、すみません」

慌てて謝罪するが、なぜか綾香は離れようとしない。抱きついたまま、自ら股間を押しつけてきた。

「うっ……な、なにを？」

「あンっ、すごく硬いわ」

うっとりした声でつぶやき、腰を小刻みに揺すっている。彼女の柔らかい太腿の付け根が、ちょうど男根を押さえつけているのだ。そんなことをされると、ますます股間に血液が流れこんでしまう。

「ダ、ダメです、動いたら……うむっ」

懸命に訴えるが、兄嫁は聞く耳を持たない。それどころか、まるで硬さを確かめるように、喪服越しに恥丘を押し当ててきた。

「うおっ！」

「あの人たちが言っていたのは本当なの……」

濡れた瞳で語りかけてくる。喪服を着て黒髪を結いあげているのが、普段とは異なる色香を生みだしていた。

「な、なんのことですか？」

「うちの人……貴久さん、役に立たないの」

もしやと思っていたが、実際に兄嫁の口から聞くと衝撃は大きかった。

「以前は大丈夫だったけど、最近は……」

昔はそれなりに体を重ねていたらしい。ところが、当主になってからはストレスのためか体調がかなり低下して、すっかりセックスレス状態だという。

「最初から体が弱かったから、覚悟はしていたの。そういうことができなくなっても、心から愛し合っていれば問題ないって……」

実際、綾香は献身的に貴久のことを支えている。端《はた》からは仲睦まじい夫婦に見えていた。

「でも……でも、わたし……」

そう言ったきり黙りこむ。その一方で腰をグリグリ動かして、勃起した男根を擦りたてていた。

——奥さんも溜まってるんじゃないですか？

ふと男たちが口にした、からかいの言葉を思い出す。つまりは欲求不満ということだろう。

「若いころは気にならなかったの。でも……たまには抱きしめてもらいたい」

彼女の言葉から切実な想いが伝わってくる。

綾香は二十七歳、女として成熟していく年齢なのかもしれない。真偽のほどはわからないが、女性の性欲は年齢とともに高くなると聞いたことがあった。

「こんなこと、祐二くんにしか頼めないから……」

腰をよじりながら見あげて、綾香はためらいがちにそう言った。喪服越しの恥丘が、祐二の股間をやさしく捏《こ》ねまわしていた。

「うむむっ」

「わたし、このままだと、あの人たちの誘いを断れなくなりそうで……お願い……抱いてください」

真剣な眼差しで見つめられると、無下に断ることはできなかった。

このひと言を口にするのに、どれほどの勇気が必要だったか。それにペニスはギチギチに勃起して、大量の我慢汁を噴きこぼしていた。

4

同じ屋根の下には、彼女の夫がいる。万が一、見つかったら大変なことになってしまう。

「でも、兄さんが……」

「疲れきってるから、しばらく起きないと思うわ」

綾香はさほど気にする様子もなく、座布団を集めて畳の上に並べていく。

確かに兄はかなり疲労していたので、深い眠りについているだろう。しかも、夫婦の寝室は居間から離れていた。少しくらい声をあげたところで、兄の耳に届くとは思えなかった。

「お義母《かあ》さまと千鶴さんも、多分、朝まで帰ってこないわ」

「見送りに行っただけなのに？」

なにか妙だ。綾香はなにか知っているのかもしれない。しかし、祐二の質問に答えることはなかった。

「祐二くん……」

綾香は自分の手で帯を緩めると、並べた座布団の上で横座りした。

後れ毛をそっと指先で直し、切なげな流し目を送ってくる。帯は少し緩めただけで、取り去ってはいない。喪服の襟もとが少し開いて、白い首筋から乳房の谷間にかけてがチラリと覗いていた。

（い、いいのか？　義姉さんなんだぞ）

心のなかで自分自身に問いかける。

当然ながら彼女を抱くのは兄を裏切る行為だ。しかし、同時に綾香を救うことにもなる。欲求不満のまま今日のような酒の席があったら、彼女は島の男たちに身をゆだねてしまうかもしれない。

（これは、義姉さんのためなんだ）

祐二は意を決すると、ジャケットを脱いでネクタイをほどいた。さらにはワイシャツとスラックスも次々と脱ぎ捨てていく。兄を裏切ることに、迷いがないと言えば嘘になる。でも、これを逃したら、兄嫁を抱くチャンスは二度と訪れないだろう。

（俺は、義姉さんのこと……）

密かに憧れていた。

九年前、綾香が十八歳で九條家にやってきたとき、ひと目で虜《とりこ》になった。いっしょに暮らすようになって、容姿だけではなく心も清らかな女性だとわかり、ますます想いは膨らんだ。

兄嫁に片想いして、悶々とする日々がはじまった。

毎晩、寝るときに綾香のことを考えるようになり、気づくと布団のなかで股間を触っていた。そして、ある日、大量の白い粘液を噴きあげたのだ。凄まじい快感と初めて目にした精液に怯えた。そう、初めてのオナニーで思い描いた相手は、兄嫁の綾香だった。

性の知識に乏しかった祐二は、罰《ばち》が当たったのだと思いこんだ。以来、綾香を好きになってはいけないと自分に言い聞かせてきた。もちろん、今は精通だとわかっているが、あの経験があったからこそ、想いを断ち切ることができたのだ。

(でも、今なら……)

兄嫁の頼みだった。今なら堂々と抱くことができるのだ。

祐二は靴下も脱ぎ捨ててボクサーブリーフ一枚になると、座布団の上で横座りしている綾香に歩み寄った。

「ああ、祐二くん」

すぐさま兄嫁の手が伸びてくる。ボクサーブリーフの膨らみを目にして、もはや我慢できなくなったらしい。ウエストのゴムを摘んでまくりおろすと、屹立したペニスがブルンッと鎌首《かまくび》を振って飛びだした。

「あンっ、すごいわ」

ボクサーブリーフを引きさげて、つま先から抜き取る間も、彼女の視線は反り返った男根に釘付けだった。

「こんなに大きいなんて……」

綾香は息を呑むと、ペニスの根元に指を巻きつけてくる。さらには、おもむろに顔を近づけて、亀頭をぱっくり咥えこんだ。

「はむンンっ」

「くおっ！　い、いきなり……」

鮮烈な快感が脳天まで突き抜ける。柔らかい唇が硬直した太幹に密着して、ヌルヌルと根元まで呑みこんでいく。とっさに下腹部に力をこめることで、爆発的に膨らむ愉悦を抑えこんだ。

「ちょ、ちょっと、義姉さん」

声をかけるが、綾香は男根をしゃぶることに夢中で答えない。喪服姿の兄嫁が、ぺニスをずっぷり呑みこんでいるのだ。砲身全体を口内に収めると、さっそく舌を使って舐めまわしてきた。

「ンふっ……あむううっ」

亀頭にたっぷり唾液を塗りつけて、飴玉《あめだま》のようにしゃぶりまわす。それと同時に首を振り、唇をヌプヌプとスライドさせる。根元からカリ首まで滑らせると、先端をネロリと舐めて、再び全体を口内に収めていく。

「ね、義姉さんに舐めてもらえるなんて……」

「あふっ、祐二くん……はむンンっ」

名前を呼ばれることで、なおさら気分が高揚する。蕩《とろ》けるような快感に拍車がかかり、ペニスはかつてないほど膨れあがった。

「ううウッ、す、すごいっ」

凄まじい愉悦の波が押し寄せて、亀頭の先端から大量のカウパー汁が溢れだす。それでも綾香は構うことなく舌を使い、まるでソフトクリームを舐めるように先走り液を舐め取った。

「はむっ……ンふっ……あふンっ」

首を振るスピードがアップして、太幹がますます硬直する。もはや咥えているのも大変そうだが、綾香は決して離そうとしない。それどころか上目遣いに見つめて、リズミカルに頭を振りたててきた。日頃の淑やかな兄嫁からは想像できない姿だった。

「ね、義姉さん……くううッ」

視線を重ねてのフェラチオだ。さらに快感が強くなり、ついには腰が勝手にくねりはじめた。

「貴久さんはこんなに硬くならないの……」

直線的な動きだけではなく、首をねじりながら振りたてる。唇がまるでスクリューのように回転して、肉竿をねぶりあげてきた。

「そ、そんなにされたら……うむッ」

唇が滑るたび、ジュプッ、ジュポッという湿った音が響き渡る。懸命に尻の穴を締めつけてこらえるが、射精欲は際限なく膨張する。膝がガクガク揺れて、もはや立っているのもやっとの状態だった。

「ま、待って、ううッ、で、出ちゃいます」

必死に訴えるが、兄嫁は執拗にペニスをしゃぶりつづける。飢えた女豹《めひょう》が獲物の骨を味わうように、しつこく舌を這わせていた。

「ううウッ、も、もうっ、くうううッ」

これ以上されたら暴発してしまう。そう思ったとき、綾香の唇がペニスからすっと離れた。

「おっ……おううっ」

ぎりぎりのところで暴発を回避できたが、同時に虚しさが押し寄せる。あとほんの少しで射精できたのに、直前で快感が宙ぶらりんになってしまった。

「わたしにも……してほしいの」

綾香は頬を染めながらぽつりとつぶやく。そして、敷き詰めた座布団の上でしどけなく横座りして、媚《こ》びるような瞳で見あげてきた。

帯を緩めているため、喪服の襟もとが開きかけている。細い鎖骨はもちろん、白い乳房の谷間まで覗いていた。裾《すそ》も乱れており、無駄毛のないツルリとした臑《すね》がわずかに露出している。白い足袋を履いた足にも視線が吸い寄せられた。

「お、俺が……義姉さんに？」

緊張気味につぶやくと、兄嫁は期待に満ちた瞳を向けてくる。そして、横座りの姿勢から、徐々に仰向けに寝転がっていった。

祐二は誘われるように、彼女の足もとにしゃがみこむ。震える手で喪服と長襦袢《じゅばん》の裾を摑み、薄皮を剝ぐようにゆっくり開いていった。

「おっ……おおっ」

臑から膝、さらには肉づきのいい太腿が見えてくる。肌は白くて滑らかで、なによりむっちりと触り心地がよさそうだ。さらに布地を引き剝がせば、陰毛がそよぐ恥丘が露わになる。漆黒の縮れ毛は、意外にも綺麗な小判形に手入れされていた。

（これは、兄さんに見せるためなのか？）

ふと疑問が湧きあがる。

セックスレスだと言っていたが、兄の体調がよくなったとき、いつでも応じられるように準備しているのかもしれない。そんな兄嫁の健気《けなげ》さが、祐二の嫉妬と性欲を煽りたてた。

「そんなに見ないで……」

綾香は恥じらって内腿をぴったり閉じるが、両手は身体の脇に置いたままで股間を隠そうとしない。本当は視線を浴びることで興奮しているのではないか。しきりに腰をくねらせて、内腿をもじもじ擦り合わせている。そんな兄嫁の仕草が、祐二をさらに昂らせた。

「もっと見せてよ」

祐二は喪服の裾を大きくはだけさせると、膝を摑んでＭ字に押し開いていった。

「ああっ、いや」

反射的に声を漏らすが、やはり本気で嫌がるわけではない。その証拠に手で隠すことなく、すべてを蛍光灯の明かりの下に晒していた。

夢にまで見た兄嫁の陰唇が目の前にあった。

白い内腿の中心部で、パールピンクの陰唇がうねうねしている。開脚することで中心部がわずかに開き、鮮やかな紅色の媚肉が覗いていた。

「こ、これが……」

眼球がこぼれ落ちそうなほど両目を見開いて凝視する。

兄嫁の恥裂を目にしたのだ。しかも、媚肉はしっとり濡れており、こうして見ているだけで奥から透明な汁が湧きだしてくる。まるで岩清水《いわしみず》のように染み出すと、蟻《あり》の門渡《とわた》りを流れ落ちていった。

「濡れてる……義姉さんのここ、濡れてるよ」

脳裏に焼きつくほど鮮烈な光景だ。導かれるように顔を近づける。チーズにも似た発酵臭が鼻腔に流れこみ、全身の血液が沸きたつような興奮を覚えた。

「いや、言わないで……」

綾香の困り果てた様子が、ますます祐二の欲望を煽りたてる。自分から誘っておきながら、顔を真っ赤にして腰をくねらせるのだ。もっと辱《はずか》しめてやりたいという気持ちが膨れあがった。

「義姉さんっ！」

思いきって割れ目にむしゃぶりつく。唇をぴったり押し当てると、柔らかい陰唇の感触が伝わってきた。

「あああッ、祐二くんっ」

女体がビクンッと反応する。尻が座布団から跳ねあがり、内腿に力が入って筋が浮かんだ。さらに割れ目を舌先でなぞると、腰に小刻みな痙攣が走り抜けた。

「はああッ、そ、そんな、あああッ」

連続して何度も舐めあげれば、綾香の唇からひっきりなしに喘ぎ声が溢れだす。普段は大人しい兄嫁が、大股開きで股間を濡らしていた。

「義姉さんのここ、すごくいやらしい味がするよ」

いつしか夢中になって、肉唇の合わせ目を舐めまわす。舌先で愛蜜を掬っては、喉を鳴らして嚥下した。舐めれば舐めるほど濡れてくる。だから、祐二も執拗に吸いついては、柔らかい肉唇にねちっこく舌を這いまわらせた。

「あッ……ああッ……」

綾香は両手で祐二の頭を抱えこみ、内腿で頬を挟みこんでくる。よほど感じるのか喘ぎ声をあげて、腰をくねらせるばかりになっていた。

(俺が、義姉さんを感じさせてるんだ)

そう思うことで、なおのこと愛撫に熱が入る。舌を懸命に躍らせて、陰唇をネロネロと舐めまわす。すると彼女は両手で祐二の髪を掻きまわし、自ら股間を押しつけるように腰をしゃくりあげた。

「はああンッ、い、いいっ」

「うむッ」

口を陰唇で塞がれて息苦しくなるが、それでもクンニリングスを継続する。すると、割れ目の突端にぷっくりと膨らんだ部分があるのに気がついた。

(これは、もしかしたら……)

知識はあるので、もしやと思った。おそらく、クリトリスに違いない。さっそく舌を這わせると、彼女の反応が顕著になった。

「ああッ、そこ、ダメっ、あああッ」

「ここ？　ここがいいの？」

「ち、違うの、ひあああッ」

小豆《あずき》ほどの突起を転がすたび、腰が感電したように暴れだす。愛蜜の量も一気に増えて、ただでさえ柔らかい陰唇は、溶けそうなほどになっていた。

「そ、そんなにされたら、ああああッ」

下腹部が波打ち、頭を左右に振って喘ぎまくる。肉芽は硬さを増すとともに、感度もあがっていくらしい。綾香の反応はますます大きくなり、今にも昇り詰めそうな雰囲気だ。

「あああッ、祐二くん、こんなに……はあああッ」

ここまで追いつめられるとは思っていなかったのだろう。綾香は困惑した様子で喘ぎながらも、股間をクイクイしゃくっていた。

(このままつづけたら……ようし！)

自分の愛撫で兄嫁を絶頂に追いあげたい。新たに芽生えた欲求に従い、陰唇とクリトリスを執拗に舐めまわした。

「義姉さん、もっと……うむううッ」

「はううッ、ま、待って、あああッ」

喘ぎ声が切羽詰まっていく。尖り勃《た》った淫核を口に含んで猛烈に吸いあげれば、女壺が激しく蠕動《ぜんどう》して愛蜜の量がどっと増えた。

「はあああッ、い、いいっ、もうダメっ、ああッ、あああああああッ！」

股間を突きあげたかと思うと、艶《なま》めかしいよがり泣きが迸《ほとばし》る。綾香はついにアクメに達して、喪服に包まれた女体をくねらせた。

(や、やったぞ……義姉さんをイカせたんだ)

異様な興奮が沸きあがってくる。自分の愛撫で女性を絶頂に導いたことで、セックスに対する自信が芽生えはじめていた。

5

綾香は敷き詰めた座布団の上に四肢を投げ出し、ぐったり脱力している。呆《ほう》けた表情で目の焦点は合わず、ハアハアと息を切らしていた。

喪服の裾は乱れたままで、白い足袋を履いた下肢は剝き出しだ。むっちりした太腿が覗いていて、陰毛で彩《いろど》られた恥丘も露わになっている。襟も緩んで乳房の谷間が見えるという、なんともそそる格好だった。

「ゆ、祐二くん……来て」

綾香が両手をひろげて誘ってくる。絶頂に達したにもかかわらず、さらに祐二を求めていた。

「ね……義姉さん」

兄嫁とひとつになりたいのは祐二も同じだ。屹立したままのペニスは、大量の我慢汁でぐっしょり濡れていた。

「俺も、義姉さんと……」

誘われるまま女体に覆いかぶさった。

すると、綾香が両手を伸ばして、祐二の腰にそっと添えてきた。軽く触れただけなのに、彼女の指がやけに熱く感じられる。求められていることを実感して、ひとつになりたいという欲求がますます膨れあがった。

片手で肉棒の根元を持って、亀頭の先端を割れ目に触れさせる。すると、愛蜜とカウパー汁が混ざり合ってヌルリと滑った。

「うっ……」

「ああンっ」

勃起したペニスの裏側で、陰唇の表面を撫でる結果になってしまう。簡単に挿《い》れられると思っていたので予想外の展開だ。もう一度、狙いを定めると、今度は慎重に腰を突き出した。

だった。
「あンンっ……焦らさないで」
綾香がもどかしげに腰をくねらせる。またしても、ペニスは淫裂の上を滑っただけ
もちろん、焦らしているわけではない。ただ上手く挿入できないだけだ。まだセッ
クスの経験は一度しかなく、しかも前回は受け身の騎乗位だった。自分で挿れたわけ
ではないので、膣口の位置が今ひとつわからない。だが、それを口にするのは男とし
て格好悪かった。
「ねえ、お願い……」
「じゃ、じゃあ、そろそろ挿れるよ」
動揺を悟られないようにしながら、亀頭で割れ目を何度もなぞって膣口を探してい
く。額に冷や汗が滲むが、懸命に平静を装った。
(おっ……ここか?)
割れ目の一部分に柔らかい場所を発見した。試しに軽く亀頭を押しこんでみる。す
ると、ヌプッと内側にへこむ感触があり、綾香の唇が半開きになった。
「あっ……き、来て」
「いくよ……ふんっ」

どうやら、ここで合っているらしい。このチャンスを逃すまいと、そのまま腰をじわじわ押し進めた。

「挿れるよ……んんっ」

「あっ……あっ……お、大きい」

彼女の声に感激しながら、ゆっくりペニスを埋没させていく。柔肉のなかに亀頭が包まれていくのがわかる。まるでマシュマロに男根を押しつけているようだ。そして、ある地点まで来ると、亀頭がズルンッと嵌《はま》りこんだ。

「はああンっ！」

「おううッ、は、入った」

思わず声を漏らしてしまう。ついに兄嫁とひとつになった。綾香の女壺に男根を挿入したのだ。許されない関係だとわかっているからこそ燃えあがる。禁断の愉悦が、瞬く間に四肢の先まで突き抜けた。

「ううッ、すごく熱いよ」

まだ亀頭だけだが、媚肉の熱気が伝わってくる。愛蜜で濡れそぼった膣襞が絡みつき、早くも甘く締めつけてきた。

「くううッ、ね、義姉さんのなか……キ、キツキツだ」

「い、言わないで……あああっ」

綾香もうっとりした様子で腰をもじつかせている。意識しているのか、それとも無意識なのか、亀頭の感触を味わうように膣道をうねらせていた。

「も、もっと……来て」

掠《かす》れた声でつぶやき、催促するように腰を撫でまわしてくる。祐二は快感の衝撃に備えて尻穴を引き締めると、ペニスをじんわりと押し進めた。

「ううっ、ヌルヌルして……」

濡れそぼった女壺は、いとも簡単に長大な肉柱を根元まで呑みこんだ。ずっぽり嵌ったことで、凄まじい快感が沸き起こっている。無数の膣襞がざわざわと蠢き、さらに奥まで引きこんでいく。

「うおッ、どんどん入っていくよ」

驚愕しているうちに、亀頭は女壺の最深部に到達していた。奥を強めに圧迫すると、女体が驚いたように跳ねあがった。

「はンンッ、ふ、深い……」

綾香は首を振りたくり、切なげな声でつぶやいた。

両脚は宙に浮き、足袋を履いたつま先がキュウッと内側に丸まっている。見えないなにかを探すように、ゆるゆると宙を掻いていた。

「義姉さんのなかに、全部入ったんだ……ううッ」

祐二が感激してつぶやけば、綾香も感極まった様子で頷いてくれる。そして、腰にしっかり手をまわしこんできた。

「こ、こんなに……ああっ、こんなに大きいなんて」

挿れただけでも感じているらしい。綾香は唇をわななかせて、双眸《そうぼう》には涙さえ滲ませている。兄とはセックスレスなので、かなり溜まっているのだろう。こらえきれないとばかりに、腰がくなくなと揺れていた。

「くうっ、気持ちいいよ」

感じているのは祐二も同じだ。なにしろ、二度目のセックスで、しかも相手は憧れの兄嫁だ。さらに同じ屋根の下では兄が寝ているという状況だった。胸の鼓動が異様なほど速くなっていた。

万が一、見つかったらと思うと気が気でない。兄との仲は修復不可能になってしまう。それでいながら、破滅と背中合わせの緊張感を、心のどこかで楽しんでいる自分がいた。

「ね、義姉さん……」

もう挿入したのだから遠慮するつもりはない。喪服の襟に手をかけると、長襦袢ごと左右にぐっと開いていく。白い双つの乳房が見えてきたかと思うと、弾むように溢れだした。

「ああンっ」

「み、見えた、義姉さんの……」

張りがあるのに柔らかく波打つ様は、まるで巨大なゼリーのようだ。先端では透明感のあるピンクの乳首が揺れており、触れる前から硬くなっていた。

すぐさま両手を伸ばして、双つの膨らみを鷲《わし》掴みにする。ほとんど力を入れていないのに指が沈みこみ、蕩けるような感触がひろがった。捏ねまわすほどに乳肉は柔らかくなり、乳首はますます尖り勃っていた。

「はああンっ、胸ばっかり……」

綾香が焦れたようにつぶやき、腰を微かによじらせる。女壺にもっと強い刺激を欲しているのは明らかだった。

「じゃ、じゃあ、動くよ……ふんんっ」

祐二は乳房を揉みながら、ゆっくり腰を動かした。なにしろ、まだ二回目のセックスだ。まずは様子を見ようと、恐るおそる男根をピストンさせた。

「おおっ！」

すぐに快感が膨らみ、慌てて抽送速度を遅くする。ペニスを動かすことで膣襞がザワつき、想像以上の刺激が襲いかかってきた。

「あっ……あっ……」

綾香は切れぎれの喘ぎ声を漏らしている。こんなスローペースのピストンでも感じるのか、女壺は嬉しそうに蠕動していた。

「くッ……くううッ」

呻きながらも低速の抜き差しを継続する。一回でも多く男根を出し入れして、綾香に快感を与えたい。必死の形相で射精欲を抑えこみ、腰を大きく使って長大な肉柱をスライドさせた。

「あンっ、ああンっ……い、いいっ」

根元まで突きこむと、綾香の声が甘く変化する。どうやら、奥が感じるらしい。それならばと、ペニスをすべて埋めこみ、股間を密着させた状態で腰をゆったり回転させた。

「これはどうだ……ぬううッ」

「はンンっ、いいのっ、それ、はあああンっ」

喪服を乱した女体が、たまらなそうにくねりだす。やはり奥が好きらしい。祐二の尻たぶに両手をまわしこみ、自ら引き寄せるような仕草をした。

「も、もっと、あああッ、もっとグリグリしてぇっ」

「こ、これがいいんだね……おおおッ」

快感をこらえながら腰をまわす。ペニスをすべて押しこんでいるので、亀頭の先端が子宮口を確実に捉えていた。

「はああッ、そ、そこ、あああッ」

「くうッ、また締まってきた」

同時に乳房を揉みまくる。双つの乳首をキュッと摘めば、刺激に連動して女壺が思いきり収縮した。

「ああッ、奥まで届いて……こんなの初めて」

綾香が喘ぎまじりに口走る。その言葉が本当だとしたら、兄よりも深い場所まで到達していることになる。

(きっと、俺とするほうが……)

兄に抱かれるより、今のほうが感じているはずだ。考えるだけで愉悦が膨らみ、猛烈に射精欲が煽られた。

「くううッ、ま、まだ……」

少しでも長く繋がっていたい。祐二は懸命に快感を抑えこみ、兄嫁の乳房にむしゃぶりついた。

「あああッ！」

尖り勃った乳首を口に含んで、唾液を乗せた舌でねぶりまわす。乳輪までぐっしょり濡らすと、唇を密着させて吸いたてた。

「うむっ、義姉さんっ」

「ああッ、そ、そんな強い、はあああッ」

綾香の甘く抗う声が興奮を誘う。普段は清楚な兄嫁の乳房を揉みあげて、乳首をしつこく吸いまくる。左右の乳房を交互に舐めまわすと、たまらなくなったのか女壺のうねりが大きくなった。

「ね、義姉さん……くうううッ」

腰の動きを回転運動から、再びピストンに切り替える。もう力の加減をしている余裕はない。上半身を伏せて女体をしっかり抱きしめると、勢いよくペニスの抜き差しを開始した。

「おおおッ、おおおおッ」

「ああッ、激しいっ、はあああッ」

子宮口に当たるように、亀頭を勢いよく叩きこむ。コツコツと奥をノックするたび、兄嫁の身体に痙攣が走り抜けた。

「はううッ、す、すごいわ、あああッ、祐二くんっ」

「俺も、気持ちいいよっ、ぬおおおおッ」

もう欲望を抑えられない。兄が寝ていることを忘れたわけではないが、雄叫《おたけ》びをあげながら腰を振りたてた。

「くううッ、で、出そうだっ」

「はあああッ、わたしも、イキそうなのっ」

兄嫁の言葉が引き金となり、絶頂に向けてペニスを叩きこんでいく。愛蜜まみれの女壺を突きまくって、ついに最深部で獣欲を爆発させた。

「ぬおおおッ、義姉さんっ、で、出るっ、くおおおおおおおッ！」

「あああッ、い、いいっ、はああッ、イクっ、イクイクっ、イッちゃううううッ！」

祐二が白濁液を放出すると同時に、綾香も歓喜の嬌声を響かせる。足袋を履いたつま先までピーンッと伸びきり、喪服を纏った女体をガクガクと震わせた。

「ね、義姉さん……義姉さん……」

祐二は射精しながらも腰を振りたてて、兄嫁の唇にむしゃぶりついた。唇を割って舌をねじこめば、綾香も激しく吸いあげてくれる。舌を絡みつかせて、女壺でペニスを締めあげてきた。

背徳感をともなう愉悦が脳髄を灼《や》きつくし、甘い痺れが全身にひろがった。

誰にも知られてはならない秘密の関係だ。異様な興奮のなか、舌を絡めて互いの唾液を味わい尽くす。どす黒い愉悦にどっぷり浸りながら、二人は延々と腰を振りつづけた。

第四章　誘う処女地

1

朝食後、祐二は縁側に腰かけて庭を眺める振りをしながら、家人の様子をうかがっていた。

今朝は貴久も起きてきて、居間でいっしょに朝食を摂った。比較的体調がいいらしく、珍しく寝室に戻らず新聞を読んでいた。

(兄さん……ごめん)

祐二は横目で兄をチラリと見やり、心のなかで謝った。

昨夜、この居間で綾香と交わったのだ。兄を裏切ってしまった罪悪感が、胸を強く締めつけていた。

（俺は、最低だ……）

取り返しのつかない過《あやま》ちを犯してしまった。誘われたとはいえ、兄嫁と関係を持つなど決してあってはならないことだ。昨夜は我を忘れて禁断の快楽に溺れてしまったが、今日になって自己嫌悪に陥っていた。

しかし、その一方で、誰にも言えない暗い優越感に浸っていた。

綾香をクンニリングスとセックスで、一度ずつ絶頂させたのだ。しかも、ペニスを挿入したときは、兄が届かない場所を突きまくった。あのときの兄嫁の艶めかしい声は、今でも耳の奥に残っていた。

（義姉《ねえ》さんを……この俺が……）

ペニスには昨夜の感覚が残っている。まだ経験は浅いが、綾香をよがり泣かせたのは自信になった。

「ん……どうかしたのか？」

ふいに貴久が新聞から顔をあげた。祐二の視線に気づいたらしく、不思議そうに見返してきた。

「い、いや、別に……」

邪《よこしま》な感情を誤魔化そうとして、しどろもどろになってしまう。不審がられたのではと不安になるが、貴久は人のよさそうな笑みを浮かべた。

「さては心配してるんだな」

「……え？」

「わかってるよ。新聞を読んだら横になるから」

どうやら、祐二が体の心配をしていると勘違いしたらしい。貴久の穏やかな表情を目にして、余計に胸が痛んだ。

「お茶ですよ」

綾香が盆を手にして廊下を歩いてきた。

またしても昨夜のことを思い出し、緊張で全身が硬くなった。

兄嫁は祐二の前を素通りして居間に入ると、背筋をすっと伸ばして正座する。そして、三つの湯飲みを座卓に置いた。

「祐二くんもどうぞ」

ごく普通に声をかけてくる。立ち去るわけにもいかず、祐二は縁側から居間へと移動した。

「あ……ありがとう」

目を合わせずにつぶやき、湯飲みを自分の前に引き寄せる。立ちのぼる湯気を見つめていると、綾香が軽やかに口を開いた。

「兄弟で仲良くなにを話していたの？」

昨日、あんなことがあったのに、よく平気な顔をしていられるものだ。案外、女のほうが度胸が据わっているのかもしれない。祐二は落ち着かない気持ちで、熱い緑茶に口をつけた。

「アチッ！」

「おいおい、気をつけろよ」

貴久が呆れたように声をかけてくる。そして、なにやら楽しげな面持ちで綾香に向き直った。

「祐二は俺の体を心配してくれてたんだよ。でも、兄としては、熱いお茶を飲んで火《やけ》傷《ど》をする弟のほうが心配だな」

どこまで人がいいのだろう。目の前にいる妻と弟が、まさか体の関係を持ったとは微塵も疑わない。こんな兄を裏切ってしまったと思うと、申しわけなくて仕方なかった。

「祐二くんは本当にやさしいのね」

綾香がつぶやき、さりげなく視線を送ってくる。目が合った瞬間、唇の端に微かな笑みが浮かんだ。

(ね……義姉さん)

兄がいるというのに、なにを考えているのだろう。さらには瞳の奥に熱いものを感じてドキリとした。

祐二は視線を逸らすと、黙りこんでお茶を飲んだ。

兄にはがんばってもらいたいが、もう偉そうなことは言えない。自分のやったことを思い返すと、消え入りたい心境だった。

貴久がなにも気づいていないのがせめてもの救いだ。今も綾香と談笑しながらお茶を飲んでいる。こうしていると、仲睦まじい夫婦にしか見えない。だからこそ、絶対に隠し通さなければならなかった。

「ちょっと疲れたな」

しばらくすると、貴久が寝室に戻ると言って湯飲みを置いた。ふらりと立ちあがれば、すかさず綾香が寄り添った。

(俺はなにをやってるんだ……)

廊下を歩いていく二人を見送り、祐二は肩を落として溜め息をついた。

九條家の現状を変えようと意気込んで帰郷したのに、まだなにもできていなかった。

とにかく、響子が当主のように振る舞うのをやめさせたい。だが、兄の様子を見ていると、これ以上がんばれとも言えなかった。

それでも、九條家の次男として、後妻の横暴を見過ごすことはできない。明後日には新潟の工場に戻る予定になっている。限られた時間で、なんとしても響子の陰謀を暴かなければならなかった。

昨日の三回忌の様子を思い返すと、腹立たしさがこみあげてくる。

島民たちは当主である貴久を差し置いて、響子ひとりに群がっていた。会食の席でも偉そうで、まるで彼女が島の支配者のようだった。

そして、なにより神主にまたがって腰を振っていた姿が忘れられなかった。

響子はいつから神主と関係を持っているのだろう。もしかしたら、父の生前からかもしれない。覗き見た様子はあまりにも淫蕩で、当時から他に男がいたとしてもおかしくなかった。

あんな女の好きにさせてはいけない。九條家の当主は貴久だ。義母の自由にさせるわけにはいかなかった。

「あら、祐二さん」

ふらりとやってきた響子が、廊下から顔を覗かせた。

白地に藍色の草花が描かれた浴衣を纏って、濡れた髪を背中に垂らしている。そういえば、朝食のあと汗を流してくると言っていた。

(朝っぱらから風呂とは、いいご身分だな)

腹のなかで嫌みを言うが口には出さない。なんとかして、この女の尻尾を捕まえたかった。

「いい湯だったわよ。祐二さんもいかが?」

響子はこちらの気も知らず、口もとに笑みを湛《たた》えて語りかけてきた。

首を少し傾けて、手にしたタオルで髪を拭いている。手を動かすたび、浴衣に包まれた乳房がゆっさり揺れた。襟もとが緩いため、双乳の谷間が覗いている。陶磁器のように白い肌が、昼の日差しの下でやけに生々しくヌメ光った。

(もしかしたら、昨日も……)

昨夜のことを思い出し、奥歯をギリッと噛みしめた。

三回忌の会食のあと、男たちを見送ると言って家を出た響子は、深夜になるまで帰ってこなかった。いったい、どこでなにをしていたのだろうか。

千鶴はまっすぐ帰宅したらしく、戻ってきたのは響子ひとりだけだった。

あのとき、尾行していればと今さらながら後悔した。

先日は神主と交わっているところを目撃している。昨夜もなにかあったのではと勘ぐってしまう。疑念は深まる一方だった。

「朝風呂はいいわ。さっぱりするわよ」

どういうつもりなのか、響子が流し目を送ってくる。祐二は視線を逸らして、湯飲みのお茶を飲み干した。

「俺は夜に入るからいいです」

感情を押し殺して言うと、義母は「ふふっ」と微かに笑った。

「せっかくだから、また背中を流してあげようと思ったのに、残念だわ」

本気とも冗談ともつかない言い方だ。瞬間的に顔がカッと熱くなり、思わず拳を強く握りしめた。

（ふざけやがって……）

風呂場に響子がやってきて、ペニスを猛烈にしごかれた挙げ句、為《な》す術《すべ》なく射精に追いこまれたのを思い出す。

あのときの屈辱と快感は、体にしっかり刻みこまれている。まさか義母にあんなことをされるとは思いもしなかった。不意打ちに対処できず、快楽に流されてしまったことが悔やまれた。

「じゃあ、わたしは部屋で休んでるわね」

響子はそう言い残して自室に向かった。

どこかに出かけるのなら、迷わず尾行して動向を探るつもりだ。しかし、今のところ義母が動く気配はなかった。

(クソッ、なんなんだ)

怒りの遣《や》り場がなくて、空の湯飲みを叩きつけるように座卓に置いた。

そのとき、千鶴が庭に出てきた。洗濯籠《かご》をぶらさげて、物干し竿に歩み寄っていくところだった。

(よし、ちょっと聞いてみるか)

関係を持ってしまったことで、話しづらくて避けていた。でも、今は響子に関する情報がほしかった。昨夜、四人の男たちを見送りに行っているので、なにか知っているはずだった。

「今朝もいい天気ですね」

縁側からサンダルを履いて庭に出る。少々ぎこちないが、さりげなさを装って話しかけた。

「暇だから手伝いますよ」

「こんなこと、祐二さんに手伝ってもらうわけには……」

千鶴の言葉を聞き流し、洗濯籠からタオルを取ってパンッとひろげる。物干し竿にかけて洗濯ばさみで留めると、春の風が吹き抜けていった。

「ぽかぽかしてるし、これなら洗濯物もすぐに乾きそうですね」

「奥さまに見つかったら、わたしが叱られてしまいます」

困りきった様子でつぶやき、家のほうをチラチラ見やる。よほど響子のことが怖いのか、千鶴は頬をこわばらせていた。

「そんなに厳しいの？」

「それはもう……い、いえ、そんなことは」

いったんは肯定しかけたが、失言に気づいたらしく首を左右に振りたくった。思っていた以上にガードは固そうだ。だからといって、引きさがるつもりはなかった。

「昨日はあの人たちをどこまで送ったんですか？」

いきなり、疑問をストレートにぶつけてみる。簡単には答えてくれないだろう。それならば、彼女の反応を見たいという意図もあった。

「ど、どうして、そんなこと聞くんですか？」

千鶴はあきらかに動揺して視線を泳がせた。

「俺はあれからすぐに寝ちゃったんですけど、響子さん、何時ごろに帰ってきたのかなと思って」

本当は夜遅くまで起きていたのだが、鎌《かま》をかけてみる。すると、千鶴は少しほっとした様子で、硬かった表情を緩めた。

「そんなに遅くなってないですよ。みなさんを家まで送っただけですから」

「ふうん、そうですか」

千鶴は嘘をついている。響子が帰宅したのは深夜だった。やはり、言えないなにかがあったのだ。さらに突っこみたいところだが、警戒されると口を閉ざしてしまうだろう。断片的でもいいので、多くの情報がほしかった。

「響子さんは厳しいみたいだけど、父さんも礼儀にはうるさかったよなぁ」

とりあえず、場の空気を変えようと昔の話を持ちだしてみる。すると、千鶴は洗濯物を干しながら、遠い目をして頷いた。

「はい、わたしも旦那さまにはよく注意されました」

挨拶の仕方には、とくに厳しかったという。

とはいえ、父が健在だったころは、家の雰囲気はよかった。今とは違って、常に柔らかい空気が流れていた。大悟の人柄が出ていたのだと思う。厳格ではあったが、無《む》闇《やみ》に怒るようなことはなかった。

「旦那さまのおかげで、女中として成長できたと思っています。それに、二人のときは、とてもおやさしいお方でした」

なぜか千鶴は頬をぽっと赤らめた。少し気になったが聞き流す。今、求めているのは響子の情報だった。

「兄さんはそうでもなかったけど、俺はずいぶん怒られたな」

来客にきちんと挨拶ができなかったときや、廊下を走ったときなど、父によく拳骨を落とされた。

「祐二さん、よく泣いていましたね」

「ええ？　そんなことないよ」

すぐさま否定するが、千鶴も引こうとしない。少しおどけた様子で、見つめ返してきた。

「いいえ、泣き虫でいらっしゃいました」

柔らかい笑みにほっとする。千鶴のこんな表情が昔から大好きだった。

本当はよく覚えている。父に叱られると、祐二は決まって部屋に引き籠《こ》もって泣いていた。するとしばらくして千鶴が様子を見にきてくれるのだ。

——旦那さまは祐二くんのためを思って叱られたのですよ。

そう言って慰められると、余計に涙が溢れてしまう。そんな泣き虫な祐二を、千鶴はいつでもそっと抱きしめてくれた。

「昔のことは忘れたよ」

「ふふっ、そうですね。わたしも忘れることにいたします」

千鶴の笑顔が嬉しかった。彼女の気持ちはずいぶんほぐれている。いろいろ聞き出すには、今が絶好のタイミングに思えた。

「当主が兄さんになって、いろいろ変わったのかな？　俺、一年も離れてたから、家のことをもっと知っておきたいんだ」

「前とは少し雰囲気が違うと思います」

「そっか……兄さんは体が弱いから心配だな。義姉さんが当主とか村長の仕事を手伝えればいいんだけど、兄さんの世話があるしね」

「でも、奥さまがしっかりされていますから」

千鶴のほうから、響子のことを話題に出してくれる。願ってもない展開だ。やはり女中の目にも、義母が権力を握っているように映るのだろう。

「どうして、響子さんがここまで仕切るようになったのかな？」

「さあ……詳しいことは、わたしも……」

さらに突っこんで聞こうとすると、途端に千鶴の口は重くなった。

それこそが、なにかを知っている証拠ではないか。やはり、祐二が知らないなにかが響子にはある。大きな秘密が隠されている気がしてならなかった。

2

結局、千鶴から決定的なことは聞き出せなかった。それでも、昨夜、なにかあったのは間違いない。響子に対する疑惑はますます深まっていた。

しばらく家にいたが、ここで悶々としていても進展はないので、出かけることにする。

昨日、幼なじみの有紀と再会したとき、診療所に遊びにおいでと誘われていた。いろいろ話したいことがあると言っていたのも気になっている。もしかしたら、響子についてなにか情報を得られるかもしれなかった。

自室でスウェットからジーパンに着替えると、スニーカーを履いて家を出た。

千鶴に声をかけてから出かけるつもりだったが、姿が見当たらなかった。山菜採りにでも行っているのだろうか。綾香に会うのは気まずいので、「診療所に行ってくる」と書いたメモを座卓に残してきた。

青空の下をのんびり歩いていく。緩やかな潮風が、坂を吹きあがってくるのが心地いい。大きく深呼吸すると、少し気分がすっきりした。

近くに人影はないが、坂をくだった先には二、三人歩いている人がいる。港の前の通りに、店や施設が集まっていた。

（ん？　あれは……）

坂をおりていく途中、ふと神社に向かう横道を見やった。

遠くに見える鳥居の手前に人がいる。グレーのスカートに黄土色のセーターという地味な服装の女性だった。

三角巾と割烹着はつけていないが、千鶴に間違いない。子供のころから家族同然に接してきたのだ。見紛《みまが》うはずがなかった。

千鶴が鳥居を潜り、迷うことなく奥へと進んでいく。彼女の後ろ姿が小さくなったそのとき、嫌な予感が脳裏をよぎった。神社の裏手に神主の自宅がある。先日、響子が訪れて、情交に耽《ふけ》っていた場所だった。

（まさか、千鶴さんまで……）

幼いころから面倒を見てもらった千鶴は、家族同然の存在だ。さらに、やさしく包みこむように祐二の筆おろしをしてくれた。そんな彼女が、神主と淫らな関係を持っているのだろうか。

(ち、違う……なにか用事を頼まれたんだ。そうに決まってる)

祐二はそう自分に言い聞かせると、そのまま坂をくだっていった。

今は有紀のところに行って話を聞こうと思う。なにか響子に関する情報を得られるかもしれなかった。

坂をおりて、港の前の通りを歩いた。

買い物袋をぶらさげた中年女性二人が、雑貨屋の前で立ち話をしている。雑談に夢中で祐二には気づいていない。視線を合わせないようにして、足早に彼女たちの横を通りすぎた。

村役場と駐在所の並びに、重森診療所はある。二階が住居になっているこじんまりした建物で、もとは白かったであろう漆喰の外壁は、潮風を受けつづけて鼠色《ねずみ》にくすんでいた。

重森診療所は島で唯一の医療機関だ。風邪をひいたときや腹痛のとき、怪我をしたときも、すべてここで診てもらう。定期船で本島の病院に行くのは、重森先生の手に負えないときや手術が必要なときだけだった。

祐二も何度お世話になったかわからない。ちょっとした風邪や怪我でも、九條家の次男ということで周囲が心配して、いちいち診療所に連れていかれた。

大抵は軽い診察を受けて、薬をもらって帰ってくるだけだった。治療らしい治療をしてもらった記憶がない。それでも、ここで診てもらうと治る気がするから不思議だった。

(有紀ちゃんがここで働いてるのか……)

年季の入った建物をしみじみと見あげた。

島民たちが頼りにして、自分もよく診てもらった診療所で、幼なじみが看護婦として働いている。なにか感慨深いものがあった。

診療所のドアはガラス張りだが、今は薄緑のカーテンが閉じられて「往診中」と書かれた札がさがっていた。この日の午前中、先生は島内を往診しており、有紀は事務作業をしながら留守番をしていると聞いている。室内は見えないが、彼女はいるはずだった。

祐二はドアの横にある呼び鈴に指を伸ばした。

遠くのほうでチャイムが鳴り、一拍置いて足音が近づいてくる。解錠すると同時にドアが開き、白いナースキャップをかぶった有紀がひょっこり顔を覗かせた。

「来てくれたんだ」

弾むような声だった。彼女が喜んでいるのがわかるから、祐二も嬉しくなって自然と頬が緩んだ。

「うん、まあね」

照れ隠しに素っ気なく言うが、それでも笑みを抑えることはできなかった。

「入って……って、わたしの家じゃないけどね」

有紀は目を細めると、ドアを大きく開けて祐二を迎え入れてくれた。

スリッパに履き替えてあがれば、そこが待合室だ。重森先生が往診中なので、患者はひとりもいない。横が事務室になっていて受付の窓口がある。ここに来るのは久しぶりだが、一気に記憶がよみがえった。

「全然変わってないな」

待合室を見まわして、無意識のうちにぽつりとつぶやいた。最後に来たのは高校二年生の冬だったので、ここに来るのは約二年ぶりだった。

でも今は、診療所のことより、隣に立っている幼なじみが気になっていた。

「ふふっ、懐かしい？」

有紀が浮かれた様子で語りかけてくる。

白いナース服姿が新鮮だった。半袖《そで》なのでほっそりした腕が覗いている。ウエストが締まった細身のデザインだ。丈《たけ》は膝が隠れるかどうかという長さで、白いストッキングに包まれたふくらはぎと細い足首に視線が惹きつけられた。

「そ、そうだね……」

ナース服を纏った有紀に見惚れて、ついぼんやり答えてしまう。すると、彼女は視線に気づき、気恥ずかしそうに笑った。

「どうかな、この格好」

アーモンド形の瞳がキラキラしている。愛らしい顔立ちに、純白のナース服がよく似合っていた。

「ゆうちゃんが見るのは初めてだよね」

「い、いいと思うよ」

幼なじみだと思うと、なおのこと眩《まぶ》しく見える。いつもいっしょに遊んでいた彼女が、少し遠くに行ってしまった気がした。

「それだけ？」

「い、いいよ、とっても……うん、すごく似合ってる」

見つめられると胸が苦しくなる。それでも、懸命に平静を装って言葉を紡いだ。

「嬉しい……ゆうちゃんがそんなこと言ってくれるなんて」

有紀は驚いた様子で瞳を見開いた。祐二の言葉が意外だったらしい。ところが、それきり黙りこんでしまった。

彼女の頬が微かに染まって見えるのは、気のせいだろうか。両手の指先をもじもじ擦り合わせて、なにやら落ち着かない様子だった。

「あ、あのさ、先生はどれくらいで戻ってくるの？」

沈黙が気まずくて、無理やり話題を探して尋ねてみた。

「島中をまわるから、しばらく帰ってこないかな。先週なんて、日が落ちてから戻ってきたんだよ。なんかあったのかと思って心配しちゃった」

有紀が楽しげに話してくれたのでほっとする。やはり、笑っているときが一番輝いている。ひまわりのような笑顔が眩しかった。

往診は午前中のみの予定だが、いつも夕方までかかるという。その間、有紀はカルテの整理など、事務作業をしておくことになっていた。

「俺、仕事の邪魔じゃない？」

「ううん、そんなことないよ」

有紀は首を横に振り、煌《きら》めく瞳で見つめてくる。祐二は慌てて視線を逸らし、さりげなく切り出した。

「ここは変わらないけど、島は変わった気がするな」

「そう？」

若干、声が硬くなった気がする。ちらりと見やれば、有紀は不思議そうに首をかしげていた。

「兄さんの体が弱いから、響子さんが代わりにいろいろやってるみたいでさ。そういうのって、どうなのかなって思って」

気心の知れた相手なので、こちらも気楽に尋ねることができる。ところが、幼なじみの表情は硬かった。

「九條家の当主って、体力がないと務まらないんでしょ？」

「健康であるのに越したことはないけど、べつに体力は必要ないよ」

幼なじみの思いがけない言葉に驚かされる。どうして、当主に体力がいると思ったのか謎だった。

「きっと、ゆうちゃんが思っている以上に、響子さんはしっかりやってるよ。島の人たちとも上手くいってるみたいだし」

「そうなんだよ。昔は余所者扱いされてたのに、今は不思議なくらい、みんなと仲良くなってるんだ」

「でも、わたし……響子さんのことは、よく知らないの」

情報を得られるかもしれないと期待した直後、急に有紀は口を閉ざしてしまう。そんな彼女の態度に違和感を覚えた。

なにかを隠しているのではないか。そう思ったとき、すっと手を握られて、途端に気持ちが高揚した。

「診察室に入ってみない？」

「う、うん……いいの？」

「ちょっとだけならね」

悪戯っぽくウインクすると、有紀は奥の診察室に入っていった。

島の診療所なので、最新設備が整っているわけではない。スチール製の机と椅子、それに患者が座る丸椅子、あとは壁際に診察台があるだけだ。奥の棚には血圧計や包帯、オキシドールの瓶《びん》などが置いてあった。

「懐しいな。ここも昔のまんまだ」

祐二が丸椅子に座ると、有紀が医者の椅子に腰かけた。

「ゆうちゃんが膝を怪我して、いっしょに来たことあったよね」

「そうだっけ？」

「ほら、桟橋で転んだときあったでしょ」

「ああっ、嵐のときだ。よく覚えてるね」

荒れている海を興味本位で見に行って転倒したのだ。正確には桟橋の手前の陸地で転んで、少し膝を擦り剝いた。たいした怪我ではなかったが、やたらと血が出て焦ってしまった。

「あ……」

「覚えてるよ。ゆうちゃんのことなら全部」

有紀は机に置いてあった聴診器に手を伸ばした。

そのとき、ふと昔の記憶がよみがえった。

まだ幼かったある日、二人は山でカブトムシを探していた。ところが、夏の終わりだったこともあり、なかなか見つからなかった。歩き疲れた二人は、仲良く大木の根元に寄りかかって休憩した。しばらくおしゃべりをしていたが、なぜかお医者さんごっこがはじまった。

とはいっても、Tシャツをまくって腹から胸にかけてを晒しただけだ。聴診器をあてるふりをする可愛らしい遊びだった。それでも、服の下の肌の白さは、鮮明に記憶していた。

「昔、やったことあるよね」

有紀は聴診器を耳につけると、意味ありげな瞳を向けてくる。どうやら、彼女も覚えているらしい。

「う……うん」

祐二は戸惑いながら頷いた。まさか、あのつづきをやるつもりだろうか。

お医者さんごっこをしたのは、後にも先にも一度きりだ。以来、あの日のことに触れるのはタブーになっていた。なんとなく、いけない遊びだという認識は互いにあったのだ。

「今日はどうされましたか？」

早くも有紀は医者になりきっている。ナース服姿で聴診器を構えて、すっかり気分を出していた。

「ほんとにやるの？」

口ではそう言うが、内心ワクワクしている。有紀と二人きりでいると、無邪気で楽しかったころに戻れる気がした。

「はい、胸を出してください」

「ちょっと昨夜から熱っぽくて」

祐二も患者になったつもりで、自分の額に手を重ねてみる。そして、シャツを脱いで脇に置いてある籠に入れると、Tシャツを首の下までまくりあげた。

「胸の音を聞きますね」

有紀が聴診器を胸にあててくる。冷たくてひんやりしており、思わず肩が小さく跳ねてしまった。

「ちょっと冷たいよ」

「じっとしててくださいね」

祐二が文句を言っても、有紀は医者を演じてむずかしい顔を作り、聴診器を胸板にあてている。少しずつ位置をずらし、故意か偶然か乳輪の縁をすっと掠めた。

「うっ……」

甘い感覚が走り、またしても体が揺れてしまう。すると、有紀が真正面からじっと見つめてきた。

「どうかしましたか?」

「い、いえ……」

「では、診察をつづけますね」

再び聴診器をあててくる。今度は乳首を真上からそっと押さえられて、先ほどよりも強い刺激がひろがった。

「うくっ、そこはくすぐったいよ」

慌ててＴシャツをさげると、彼女は笑顔を弾けさせた。

「うふふっ、昔に戻ったみたい。やっぱり、ゆうちゃんといると楽だなぁ」

まさに祐二もそう思っていたところだった。こんなくだらないやりとりが、無性に楽しい。幼いころから遊んでいたせいか、息がぴったりだった。

「ずっといっしょにいたかったな……」

有紀がぽつりとつぶやいた。

それは、祐二が島から出ていったことを指した言葉だろうか。実家と絶縁したわけではないので、帰郷すればいつでも会えるつもりでいた。もしかしたら、有紀自身が島を出ていくのではないか。

そういえば、なにか話があると言っていた。だから、祐二はこうして訪ねてきたのだ。なにか大切な報告があるのではないか。

「まさか……結婚するの？」

あり得ない話ではなかった。沖ノ果島は高齢化が進み、若者が少ない。だからこそ、相手がいる者は早めに結婚する傾向にあった。

有紀は瞳を見開き、なにかをこらえるように黙りこんでいる。どうやら、図星だったらしい。と、思った直後、彼女はいきなり噴きだした。

「もう、ゆうちゃんったら」

目に涙さえ浮かべて笑い転げている。祐二は呆気に取られてぽかんとしていた。

「な……なに？」

「結婚なんてしないよ。わたし、まだ二十一だよ」

「じゃあ、なんだよ」

笑われたことで、むっとして聞き返す。でも、心のなかでは安堵《あんど》していた。幼なじみが結婚すると勘違いして、自分でも驚くほど動揺してしまった。

「なにか話があるって言ってたじゃないか」

「うん、そうなの」

有紀は聴診器を外して机の上に置くと、あらたまった様子で見つめてきた。

「初めては、ゆうちゃんがいいって、ずっと思ってたの」

3

「は、初めて……って？」

意味がわからず聞き返す。すると、有紀はすっと立ちあがり、壁際に置いてある診察台に腰かけた。

「わたしの初めてを、ゆうちゃんにもらってほしいの」

冗談を言っている顔ではなかった。有紀は今にも涙がこぼれそうなほど瞳を潤ませて、祐二に語りかけてきた。

「わたし、ゆうちゃんのこと、ずっと……でも……」

途中で言葉が途切れるが、彼女の気持ちはしっかり伝わっている。祐二も幼いながら、有紀にほのかな恋心を抱いていた。でも、近すぎて切り出せないこともある。それに家柄の違いという、やっかいな問題もあった。

「な……なに言ってんだよ」

笑って誤魔化そうとするが、頰がひきつって上手くいかない。すると、有紀は覚悟を示すように、診察台に横たわった。

「ゆうちゃんが桟橋で怪我をしたとき、看護婦になろうって決めたの。わたしが、ゆうちゃんを守ってあげたいって思ったの」

「ゆ、有紀ちゃん……」

「ねえ……お願い」

穏やかな声で告げると、そっと目を閉じていく。祐二はどうすればいいのかわからず、椅子から腰を浮かした状態で立ち尽くした。

「わたしなんて……いや？」

ぽつりとつぶやく声は、ひどく悲しげだった。

彼女の想いに心が揺さぶられた。

女の一番大切なものを捧げると言ってくれたのだ。男として、これほど嬉しいことはない。この先、二人の関係がどうなるかはわからないが、せめて今だけは望みを叶えてあげたかった。

「いやじゃない……いやなわけないよ」

「嬉しい……」

もともと惹かれ合っていた二人だ。まさかの展開だったが、有紀を抱くことに抵抗などあるはずがなかった。

祐二はTシャツとジーパンを脱いで、ボクサーブリーフ一枚だけになる。すでにペニスが膨らみ、布地に形が浮きあがっていた。有紀と身体を重ねることを考えただけで股間に血液が流れこみ、男根が瞬く間に勃起してしまった。

意を決して診察台に歩み寄る。ナース服姿の幼なじみを見おろして、ますます緊張感が高まった。

有紀は静かに睫毛を伏せているが、気配を感じているのだろう。頬の筋肉がこわばっているのが見て取れた。

（俺が、リードしないと……）

まだ童貞を卒業して数日だが、彼女はヴァージンだ。上手くいくかどうかは、すべて祐二にかかっていた。

震える指をナース服の襟もとに伸ばしていく。ボタンをひとつ外すと、それだけで有紀は怯えたように肩をすくめた。

緊張しているのは祐二も同じだ。二つ目と三つ目のボタンを慎重に外せば、襟がはらりと開いて地肌が覗く。二十一歳の肌は滑らかで艶々している。しかも、乳房のなだらかな膨らみが、ささやかな谷間を作っていた。

（み、見えてきた）

生唾を飲みこみ、ボタンをすべて外してナース服の前を完全にはだけさせる。途端に祐二は目を大きく見開いた。

「おおっ……」

純白のブラジャーとパンティ、それに白いストッキングに包まれた女体が露わになった。飾り気のないブラジャーが、小ぶりな乳房を覆っている。ストッキングに透けているパンティも、じつにシンプルなデザインだった。

ストッキングのウエストに指をかけると、さっそくおろしにかかる。有紀は身体を硬くするだけで抵抗しない。慌てずゆっくり引きさげれば、健康的な太腿とツルリとした膝、それに無駄毛のない臑が露わになった。

(有紀ちゃんを脱がしてるんだ)

そう思うだけで、全身の血が沸きたっていく。ストッキングをつま先から抜き取ると、ブラジャーとパンティだけの女体を見おろした。

腰のくびれは少ないが、平らな腹が呼吸に合わせて波打つ様は艶めかしい。肌は染みひとつなく、どこをとってもスベスベしていた。

「そんなに見ないで……」

目を閉じていても視線を感じるのだろう。有紀は囁くような声で訴えると、遠慮がちに腰をくねらせた。

「全部、見たいんだ」

祐二は診察台の横にしゃがみこみ、純白のブラジャーに両手を重ねていった。そのまま乳房を揉みしだき、いよいよカップを押しあげにかかる。有紀は顔を横に向けて頬を染めるが、それでも抗う様子はなかった。

（もう少し……もう少しで、有紀ちゃんのおっぱいが……）

極度の緊張でやたらと喉が渇く。ブラジャーをじわじわ押しあげると、少しずつ柔肉が溢れてきた。そして、ついにカップの下からお椀を双つ伏せたような乳房が露わになった。

「あぁっ……」

有紀の唇から、こらえきれない声が溢れだす。顔をそむけたまま、反射的に両手で乳房を覆い隠した。

「ダメだよ、見えないじゃないか」

すかさず手首を掴んで引き剝がす。照れて隠す仕草は可愛いが、今は幼なじみの乳房をしっかり目に焼きつけたかった。

「やだ、恥ずかしいよ」

そう言いつつ裸体を晒してくれる。サイズはさほど大きくないが、張りのある美乳だ。柔肌の頂点では、初々しい薄ピンクの乳首が揺れていた。

ナースキャップとナース服を着たままなのが、全裸よりもかえってそそる。両手は身体の脇につけた気を付けの姿勢で、もう肌を隠そうとしない。耳まで真っ赤に染めあげて、下唇を小さく噛みしめていた。

「これが、有紀ちゃんの……」

瑞々《みずみず》しい女体がただただ眩しい。綾香や千鶴の成熟した感じとは異なる、まだ誰も触れていない身体に接する感動があった。

(これを、俺のものに……)

欲望が急激に膨らんでいく。じっくり観察している余裕はなくなってきた。

パンティにも手を伸ばし、シンプルな布地をずらしにかかる。途端に黒々とした陰毛がふわっと溢れだした。

「いや……」

有紀の訴える声が耳に心地いい。祐二は指先で秘毛を撫でながら、パンティをじりじり引きおろしていった。

幼なじみの陰毛は、濃くもなく薄くもなく自然な感じで茂っている。なにも手入れをしていなくても、奇跡のような柔らかさと、ほのかに漂うボディソープの香りだけで充分だった。

パンティをつま先から抜き取っても、有紀は全身を硬直させて動かない。顔を覗きこめば、眉間《みけん》に皺が寄るほど目を強く閉じていた。

子供のころから何度も来ていた診療所で、幼なじみが女体を晒している。普段は明るい有紀が、声を出せないほど恥じらっていた。そのギャップが祐二の心を掻き乱し、興奮を際限なく増幅させていく。

「有紀ちゃんっ」

もう自分を抑えられなかった。欲望のまま、いきなり乳房にむしゃぶりついて吸いあげる。柔肉を揉みしだきながら、先端で揺れる乳首を舐めまわした。

「ひああッ！」

女体がビクッと跳ねて、有紀の唇から裏返った嬌声が溢れだす。ヴァージンには刺激が強すぎるかもしれないが、祐二も経験が浅いので加減できない。そのまま乳首に舌を這いまわらせて、乳房を揉みまくった。

「は、初めてだから……あぁっ」

彼女のためらいが手に取るようにわかる。愛撫すら未経験の女体に男を刻みこむことで、祐二もこれまでにない昂《たかぶ》りを覚えた。

「有紀ちゃんと、こんなことできるなんて……」

唇を離すと、乳首は唾液ですっかりコーティングされていた。ぷっくり膨らんでいるのは、女体が刺激に反応した証拠だ。妖しげに光る様に誘われて、再び口に含んで舌でたっぷり舐め転がした。

「ああっ、こ、こんなのって……あっ……あっ……」

ヴァージンでも乳首をしゃぶられると感じるらしい。有紀は首を左右に振りつつ、こらえきれない切れぎれの喘ぎ声を漏らしていた。

もう片方の乳首にも吸いつき、同じように刺激する。唾液を塗りこむように舌を這わせると、柔らかかった乳頭は充血して尖り勃《た》つ。そこを乳輪ごと思いきり吸引すれば、女体に小刻みな痙攣が走り抜けた。

「こんなに硬くして……うむううッ」

「はああッ、ダ、ダメっ、あああッ」

有紀は喘ぎながら下肢をもじつかせている。しきりに内腿を擦り合わせて、腰をもどかしげにくねらせた。

「こっちも触ってほしいの？」

祐二は鼻息を荒らげながら、片手を股間へと滑らせていく。平らな腹を撫でまわし、陰毛がそよぐ恥丘を手のひらで覆うと、中指を内腿の付け根にねじこんだ。

「あっ、ま、待って……」

慌てた様子で有紀が訴える。それでも、構うことなく指を股間に密着させた。

「あンンッ！」

柔らかい部分に触れると同時に、女体がビクッと仰け反った。

「そ、そこは……」

「有紀ちゃんの……あ、あそこに触ってるんだ」

頭の芯が熱く燃えていた。

幼なじみの陰唇は蜜で濡れそぼっている。乳房を揉まれて、乳首を舐めしゃぶられたことで、初心《うぶ》な女体が反応したらしい。ほんの少し指先を動かすだけで、蜜の弾ける音が響き渡った。

「はンンッ、ダ、ダメ……」

「うおっ、溢れてくる」

軽く上下に擦ると、女体がヒクつきはじめる。とろみのある果汁が溢れだし、指の滑りがよくなった。

「そ、そんなところ……ああッ」

ナースキャップをかぶった頭が揺れている。初めて女性器を愛撫される感覚に困惑しているのだろう。有紀は今にも泣きだしそうな顔で、切なげな喘ぎ声を振りまいていた。

割れ目を指先でなぞりつづけると、少しずつ身悶えが大きくなる。女体から力が抜けて、くねくねと悶えはじめた。指の動きに合わせて揺れながら、徐々に太腿が開いていった。

「こうすると、気持ちいいんだね」

「ああッ、なんかヘンなの……」

有紀自身もわかっていないらしい。腰を揺すりながら、祐二のことをチラリと見あげてきた。少なくとも嫌がっている様子はなかった。

(俺の指で、有紀ちゃんが……)

感じているのは間違いない。祐二もかつてないほど興奮している。ペニスは痛いくらいに勃起して、ボクサーブリーフは我慢汁でぐっしょり濡れていた。

いまだに信じられない。あの有紀が目の前で裸体を晒して悶えているのだ。

もっと見てみたい。大人になった幼なじみのすべてを、この目に焼きつけておきたかった。

「有紀ちゃんのこと、全部知りたいんだ」

祐二は診察台の足もとに移動すると、彼女の足首を摑んで股を割り開いた。

「あっ！　いや、いやっ」

さすがに身をよじるが、愛撫を受けたせいで力が入っていない。祐二はさらに下肢を開くと、診察台にあがって脚の間に這いつくばった。

「こ、これが、有紀ちゃんの……」

膝を強く押し開けば、ついに幼なじみの股間が剝き出しになる。陰唇は愛らしいミルキーピンクで、たっぷりの華蜜を纏って濡れ光っていた。

「ああっ、恥ずかしい」

両手で股間を覆い隠す仕草が、なおのこと祐二の獣性を煽りたてる。膝をしっかり両肘で押さえこみ、彼女の手首を摑んで引き剝がした。

「したことなくても、こんなに濡れるんだ」

「い、いや、見ないで」

有紀のこわばった声を聞きながら、ヴァージンの淫裂をじっくり観察する。白い内腿の付け根で、穢《けが》れのない陰唇が微かに蠢いていた。

割れ目から透明な汁をトロトロ垂れ流している。大量に溢れた愛汁は、くすんだ色のアヌスにまで到達していた。しかも、甘ったるい芳香を放っており、刺激を受けた男根がさらにそそり勃った。

「有紀ちゃんっ、おむうううッ」

気づいたときには股間に顔を埋めていた。陰唇にむしゃぶりつき、本能のままに舐めまくる。愛蜜を啜《すす》りあげて、次から次へと嚥下《えんげ》した。

「はあああッ、そ、そんな、口でなんて……」

有紀の反応は激しかった。まさか、しゃぶられるとは思っていなかったらしい。内腿に筋を浮かべて、股間をグググッと突きあげた。

「ダ、ダメっ、こんなの、ああッ、あああッ」

指で触れたときより反応は顕著だ。だからこそ、祐二の愛撫にも熱が入る。舌先で割れ目をそっと舐めあげては、肉唇を口に含んでねぶりまわす。さらには、恥裂の上端にあるクリトリスに、たっぷりの唾液を塗りつけた。

「ひンンッ、そ、そこは、ひああッ」

肉芽を舐められると、身体が勝手に反応するらしい。舌先で転がすたび、下腹部が小波《さざなみ》のように上下に揺れた。

「どんどん溢れてくる……うむむっ」

大量に湧出《ゆうしゅつ》する愛蜜で、口のまわりはぐっしょり濡れている。それでも、執拗に淫核を舐めつづけた。

もっと乱れさせたい。姉弟のように仲がよかったからこそ、彼女の乱れる姿に興奮した。自分の愛撫で、もっと乱れるところが見たかった。女陰全体を包むように唇を密着させると、子宮まで引きずりだす勢いで吸引した。

「ふむううううッ！」

「ひいッ、あひいいッ」

有紀が金属的なよがり声を迸らせて、股間を大きく突きあげる。祐二の口内には淫汁が大量に流れこみ、次から次へと飲みくだした。

「もう……もう我慢できない」

華蜜をたっぷり味わったことで、興奮が最高潮に達している。もう有紀とひとつになりたくて仕方なかった。

祐二はボクサーブリーフを脱ぎ捨てて、猛りきったペニスを剝き出しにした。巨大なバナナのように反り返り、ぶっくり膨らんだ亀頭部分はカウパー汁で濡れ光っている。臨戦態勢を整えた肉柱は、太い血管を稲妻《いなずま》状に浮かべていた。

「ひっ！」

有紀が男根を目にして、ひきつった声をあげる。脚の間で祐二が膝立ちになっており、股間から長大なペニスがそびえ勃っていた。

「そんなに、大きいなんて……」

男性器を目にするのは初めてらしい。鎌首を持ちあげたコブラのような姿に、すっかり恐れをなしていた。

「大丈夫、怖くないから」

祐二は鼻の穴をひろげながらも、できるだけ穏やかに囁き、女体に覆いかぶさっていく。ゆっくり顔を近づけると、有紀は縋るように見あげてくる。濡れた瞳に庇護欲が刺激されて、胸の奥がキュンッとなった。

「やさしく……して」

「うん、わかってる」

引き寄せられるように唇を重ねた。

(有紀ちゃんとキスしてるんだ……)

逸る気持ちを抑えて、そっと唇を舐めてみる。すると、彼女はためらいながらも唇を半開きにしてくれた。

「あふっ……ンふぅっ」

舌を差し挿《い》れて、彼女の舌を搦《から》め捕る。チュッと吸いあげれば、有紀は甘い吐息を漏らして身をよじった。

幼なじみと口づけを交わしていると思うと、今さらながら不思議な感覚に陥ってしまう。舌を絡めて互いの唾液を味わっているのが心地いい。夢を見ているような、ふわふわした気分だった。

ところが、鉄棒のように勃起したペニスの先端が、たまたま淫裂に触れたことで現実に引き戻された。

「ううっ」

「あっ……」

ペニスに快感がひろがり、有紀が驚いたように身体を硬直させる。破瓜《はか》の瞬間が迫っていることを実感したのだろう。頰の筋肉をこわばらせて、不安げな瞳で見あげてきた。

「大丈夫、俺にまかせて」

できるだけ穏やかに告げると、右手を股間に潜りこませる。太幹を握り、亀頭で膣口を探っていく。綾香のときに苦労したのが役立ち、淫裂のなかの柔らかい窪《くぼ》みをあっさり発見できた。

「あうっ……ゆ、ゆうちゃん」

「ゆっくり挿れるから……んんっ」

慎重に亀頭を沈みこませる。ヴァージンを相手にするのは緊張するが、とにかく注意しながらペニスを押し進めた。

「はうンっ……」

有紀が微かな声を漏らす。亀頭の先端が、行く手を阻《はば》む膜にぶつかった。

(これが、処女膜か)

緊張感が高まり、祐二は額に玉の汗を浮かべていた。女壷はたっぷりの華蜜で潤っているが、侵入者を拒むように硬く窄《すぼ》まっている。無理やりねじこんでいいものか迷いがあった。

「力を抜かないと痛いよ」

動きをとめて語りかけると、有紀は潤んだ瞳で見あげてきた。

「だ、大丈夫だから……来て」

彼女はロストヴァージンを望んでいる。祐二は明後日、新潟に戻らなければならない。この機会を逃したら、もう二度とチャンスはないだろう。

「じゃあ、いくよ」

意を決すると、再びペニスを押しこんだ。

「ひうッ！」

有紀が顎を跳ねあげると同時に、ミシッという音がする。彼女が拒む様子がないので、そのまま男根をじわじわと前進させた。

「うっ、きついっ、ぬうううッ」

「ひいッ、あひいいいいッ！」

処女膜の裂ける感触があり、亀頭がズルリッと奥まで嵌りこむ。途端に絶叫が診察室に響いて、女体が大きく仰け反った。

「おおおッ、入った、入ったよ」

勢いのまま根元まで完全に収まっている。女壺は驚いたように収縮して、太幹を思いきり締めつけてきた。

「い……い……」

有紀は眉間に縦皺を刻みこみ、下唇を嚙みしめている。「痛い」と言いたいのを我慢しているのではないか。祐二の腕に添えた両手は、苦痛を耐えるように強く爪が立てられていた。

「う、嬉しい……ゆうちゃんが初めての人だね」

彼女は無理に笑みを浮かべている。祐二が気にしないように、懸命に痛みをこらえているに違いない。そんなひとつ年上の幼なじみが健気だった。

「や、やっぱり、抜くよ」

欲望は収まっていないが、中断するべきだと判断した。この際、自分の性欲はあとまわしだ。彼女の目的であるロストヴァージンは果たせたわけだし、無理はしないほうがいいだろう。

「待って……」

腰を引こうと思ったとき、有紀が涙が滲んだ瞳で見あげてきた。

「やめないで」

「でも、今日はこれくらいにしておいたほうが……」

「お願い、ギュッてして」

両手をひろげて懇願してくる。まるで捨てられた子犬のように、切なげな表情で抱擁をねだっていた。有紀のこんな顔を見るのは初めてだった。

「有紀ちゃん……」

祐二はペニスを挿入した状態で上半身を伏せると、女体を強く抱きしめた。

「ンっ……ゆうちゃん、あったかい」

耳もとで囁く彼女の声が、胸にすっと入りこんでくる。幼いころ、いつも二人いっしょだった。まるで姉弟のように接してきたのに、今は互いに裸になって深い場所で繋がっている。なんとも不思議な気分だった。

「最後までしてほしいの。ゆうちゃんのこと感じておきたいの」

切実な言葉に心が揺れた。祐二は静かに頷くと、ゆったり腰を振りはじめた。

「ひっ……ひんっ……」

やはり摩擦感が強いのだろう。有紀の唇から苦しげな声が漏れている。だから、祐二はスローペースの抽送を心がけた。

「やめてほしかったら、すぐに言うんだよ」

繰り返し語りかけるが、きっと彼女は中断を望まないだろう。じわじわとペニスを引きだしては、再び根元までゆっくり押しこむことを繰り返した。

「ンっ……はンンっ」

有紀は静かに睫毛を伏せて、受け入れてくれる。多少は慣れてきたのか、最初よりは身体から力が抜けている気がした。とはいえ、ヴァージンの締めつけは強烈だ。低速のピストンでも、凄まじい快感が押し寄せていた。

「ううッ、有紀ちゃんのなか、すごいよ」

彼女の肩をしっかり抱いて囁けば、有紀も下からすっと手をまわしてくる。両腕を背中に巻きつけて、転んで泣きじゃくる祐二をあやしたときのように、慈愛に満ちた手つきで撫でてくれた。

「いいよ、もっと動いて」

「ううッ、ううッ、で、でも……」

「わたしは大丈夫だから……ゆうちゃんの好きにしていいんだよ」

有紀がやさしく囁いてくれる。そんな気遣いが嬉しくて、ほんの少しだけ抽送が速くなってしまう。すると、途端に女壷がひきつったように収縮して、太幹をギリギリ締めあげた。

「くううッ、す、すごいっ」

「あうッ、あううう」

彼女の唇からは、喘ぎとも呻きともつかない声が漏れている。苦痛と快感が入り混じり、腰を右に左にくねらせていた。

「ううッ、お、俺、そろそろ……」

ゆったりしたピストンでも、とにかく締まりが強烈だ。幼なじみと繋がっているという興奮もあり、あっという間に追いこまれてしまう。女体を強く抱き、スピードはあげることなく男根を大きくスライドさせた。

「あっ……あっ……」

「おおッ、おおおおッ」

低い声で呻きながら、ひたすらに腰を振る。みっしり詰まった媚肉を掻きわけて、太幹を幼なじみの奥にねじこんだ。

「はあああッ、ゆ、ゆうちゃんっ」

「くおッ、も、もうダメだっ、ううッ、で、出るっ、ぬおおおおおッ！」

ついに有紀の蜜壺で、欲望をしぶかせる。ペニスが火のように熱くなり、意思を持った生物のように脈打った。亀頭の先端から矢のように噴きだした白濁液が、幼なじみの最奥を貫いた。

「ひああッ！」

ザーメンを注ぎこんだ瞬間、有紀のひときわ高い嬌声が響き渡った。

背中に爪を立てて硬直するが、膣だけはウネウネと蠢いている。まるで祐二が放出した精液を、咀嚼《そしゃく》するような動きだった。

祐二のペニスもまだ小刻みに震えている。オルガスムスの余韻のなかを漂い、全身が蕩けるような快楽に浸っていた。

もはや二人に言葉はない。ただ、きつく抱き合い、どちらからともなく唇を重ねていた。こうしているだけで、わかりあえる気がする。なにしろ、二人は気心が知れた幼なじみなのだから。

第五章　淫ら島の支配者

1

なにも収穫がないまま、帰島五日目の夜を迎えていた。

昨日は幼なじみの有紀に会ったが、響子に関する情報は得られなかった。今にして思うと、質問をはぐらかされた気がする。有紀があれほどロストヴァージンを急いだ理由もわからなかった。誘われたことで舞いあがっていたが、どこか様子がおかしかった。

明日の朝には新潟の社員寮に帰る予定だ。明後日から缶詰工場の仕事を再開することになっている。出発を夕方の定期船に変更したとしても、さほど時間は残されていなかった。

祐二は黙って座卓についていた。

最後の夕餉《ゆうげ》だというのに、やけに静まり返っている。響子も綾香も淡々と食事をしていた。貴久もいるが、体調がすぐれないのか口数は少なかった。

この日の献立も、島で獲れた魚貝が中心だ。ヒラメの昆布締め、クロダイと米を土鍋で炊いたクロダイ飯、それにアオサをたっぷり入れた味噌汁。箸休めに山菜のお浸しもある。もちろん、すべて千鶴が用意してくれたものだ。

「祐二くん、本当に明日帰っちゃうの？」

ふいに綾香が口を開いた。

「うん……」

真意をはかりかねて短く答えると、兄嫁は淋しげな表情になった。

綾香は正座をした状態で、微かに腰をよじらせた。もしかしたら、肌を重ねたときのことを思い出しているのだろうか。

「せめて、一日だけでも伸ばせない？」

「明後日から仕事があるから……」

どうしても兄の目が気になり、チラリと見やる。すると、困っていると勘違いしたのか、貴久が口を挟んできた。

「それなら仕方ないな。仕事、がんばれよ。ただ、無理はするんじゃないぞ」

まさか弟が自分の妻と関係を持ったとは思っていない。人のいい兄を騙していると思うと、なおのこと心苦しかった。

「兄さんも、体には気をつけて」

そんな言葉を交わしていると、新たな感情がこみあげてきた。結局、なにもできないまま五日も経ってしまったのだ。

（おめおめ引きさがるしかないのか……）

祐二はクロダイ飯を口に運びながら、正面の響子を見据えた。

澄ました顔で食事を摂っている。この日は黒のシックなワンピース姿だ。美熟女なだけに、なおさら腹黒く見えてしまう。しかし、島民たちが彼女を受け入れているのも事実だった。

その一方で、島の有力者たちとの怪しげな関係も否定できない。神主との密会は目撃している。そのほかにも警察官、網元、役場の財政課長といった面々と、密接な付き合いがあるようだ。影響力のある四人を仲間に引き入れたとすれば、島民たちが表立って反発できない空気を作りだすことも可能だろう。

（すべて計画的だったとしたら、もう手遅れかもしれないな）

弱気が頭をもたげてしまう。溜め息をこらえて、座卓の横で正座をしている千鶴に視線を向けた。今は淡々とお茶の準備をしているところだった。

(まさか、千鶴さんも……)

昨日のことを思い出す。

千鶴は神社に向かっていた。なにか用事があっただけかもしれない。だが、どうしても響子と神主が腰を振り合っていた様子がよみがえってしまう。

もしかしたら、神主の相手をするよう響子に強要されたのではないか。女中の千鶴は断りにくい立場だ。いや、だからといって、そんな理不尽な命令に応じるだろうか。だが、なにか弱みを握られていると仮定すれば……。

いずれにせよ、千鶴が女中の仕事を放って勝手に出かけるはずがない。実質、九條家を仕切っている響子が命じたと考えるのが自然だった。

(やっぱり、この女が……)

祐二は目の前に座っている響子をぐっとにらんだ。

やはり島の有力者たちを手懐けているのではないか。最初は九條家の名の下に権力を振りかざしているのかと思ったが、そういうわけではないようだ。じわじわと島民たちの心に入りこんでいる感じがした。

借金を作って逃げてきたとか、水商売の店で金を持ち逃げしたという噂はきっと本当なのだろう。そして、自分の居場所を確保するため、島を統治している九條家に近づいたのではないか。

水商売の経験があるなら、堅物の父を靡《なび》かせることも簡単だろう。そして、母が亡くなったのを機に、上手いこと後妻に収まったのだ。

ところが、父が亡くなり、熟れた肉体を持てあますようになった。そこで、有力者たちと関係を持って性欲を満たすとともに、沖ノ果島を掌握しようとしているのではないか。

推理はいいところまで行っている気がする。しかし、決定的な証拠がなかった。

(時間さえあれば……)

焦りの色が濃くなっていた。

九條家の名を使って響子が島を支配するなど、絶対に許すわけにはいかない。だが、もう打つ手は残っていなかった。

2

風呂に入って自室に引っこむと、みんなが寝静まるのを待った。

こうなったら、響子に直接問い質すしかない。邪魔者が入らないように、一対一の状況で話すつもりだった。

零時前には物音が聞こえなくなったが、念には念を入れて一時まで部屋に籠もっていた。

（よし、そろそろ行くか）

音を立てないように注意しながら襖《ふすま》を開けてみる。窓から差しこむ月明かりが、廊下を青白く照らしていた。耳をそばだてるが、怖くなるくらい静かだった。

小さく深呼吸して気合いを入れた。

そっと足を踏みだし、板張りの廊下を歩いていく。急ぐと軋むので、一歩ずつ慎重に足を運んだ。それでも、ときおりミシッと音がして、そのたびに胸の鼓動が速くなった。

緊張からかスウェットに包まれた体が熱くなり、全身の毛穴から汗が噴きだしている。こんなことなら、もっと薄着で来るべきだった。とにかく、逸る気持ちを抑えて後妻の寝室を目指した。

ようやく響子の部屋の前に辿り着くと、額の汗をスウェットの袖で拭った。

最初は忍びこむつもりだったが、ここに来るまでの間に気持ちが変わっていた。なぜ自分の家でこそこそしなければならないのだろう。話をするだけなら、正々堂々と対峙するべきだと思った。

「響子さん……」

襖の前で正座をすると、意を決して小声で囁きかけた。

手が汗ばんでいる。兄夫婦の部屋は離れているので、抑えた声なら聞こえないはずだ。とはいえ、万が一のことを考えると気になった。

「……どうぞ」

一拍置いて、響子の声が返ってきた。

やけに落ち着き払った声音《こわね》だ。まだ起きていたらしい。こんな時間までなにをしていたのだろう。とにかく、襖に手をかけると静かに開けた。

途端に柔らかい光が溢れだす。

十畳ほどの部屋の中央に布団が敷いてあり、枕もとに置かれた行灯《あんどん》型のスタンドだけがついていた。

響子は布団の上で正座をしている。薄ピンクの地に桜が描かれた浴衣を着て、黒髪をはらりと肩に垂らしていた。

「来ると思ったわ」

まるでひとり言のように穏やかな声だった。それでいながら、意志の強そうな瞳でまっすぐ見据えてきた。

「祐二さんが来なければ、わたしのほうから行くつもりだったの」

「くっ……」

一瞬、気圧されそうになり、下っ腹にぐっと力をこめる。部屋に入って襖を閉めると、布団のすぐ手前まで移動した。

姿勢を正して正座する。父の生前を含めても、こうして二人きりで話すのは初めてだ。機会がなかったわけではないが意識的に避けてきた。正直なところ、響子の顔を見るのも嫌だった。

「明日、帰る前に言っておきたいことがある」

祐二は低い声で切り出した。気持ちで負けてはいけないと、義母の涼しげな瞳を見つめ返す。ところが、響子はまったく気にする様子もなく泰然《たいぜん》と構えていた。

「あなた、帰れないわよ」

機先を制するように言い放った。

響子の表情はいっさい変わらない。浴衣に包まれた太腿の付け根に両手を置き、背筋をすっと伸ばしていた。

「予定は伝えてあったはずだ」

思わず眉をひそめる。祐二がいつ帰ろうが、響子には関係ないはずだ。初日に浴室で言葉を交わした以外は、さほど交流がなかった。まさかと思うが、今さら母親面《づら》するつもりだろうか。

「仕事があるから――」

「なにか言いたいことがあるそうね」

祐二の言葉を遮り、強引にうながしてきた。自分勝手にもほどがある。まともな会話が成りたつのか不安になるが、これを逃したら機会はない。言いたいことを、すべてぶつけるつもりだった。

「この家の当主は兄さんだ。響子さんはちょっと出しゃばりすぎじゃないか」

まずは怒りを抑えて静かに口を開いた。なにより、当主の実権を兄に戻すことが重要だった。

「貴久さんでは無理よ。体力的にね」

にべもない返事だ。響子は視線を逸らすことなく、祐二の目を見つめていた。

「体力なんて関係ないだろ」

すかさず反論しながら、有紀も体力のことを言っていたのを思いだす。周囲を不安にさせるほど、兄はひ弱に見えるのだろうか。

「確かに体は弱いけど、義姉《ねえ》さんが手伝えば問題ないよ」

「現実的に無理ね」

ばっさり切り捨てられて、抑えていた怒りが噴きあがった。

「じゃあ、あんたが当主になるって言うのか。やっぱり最初から、そういうつもりだったんだな！」

つい言葉がきつくなる。身を乗りだしてにらみつけるが、それでも響子は凛々《りり》しく正座した姿勢を崩さなかった。

「違うわ」

「どこが違うんだ。兄さんも義姉さんもダメだって言うなら、あんたしかいないじゃないか」

一度口にしたことで、さらに憤怒が膨れあがる。これまで抑えてきたため、余計に勢いがついてしまった。

「島民たちを扇動《せんどう》して、兄さんを追い落とすつもりなんだろ！」

「そんなこと考えてないわ。それに無理なの。わたしは当主になりたくてもなれないのよ」

「なにを言ってる？」

響子の言っている意味がわからない。祐二は声のトーンを落とした。ただ、なにかしら目論見《もくろみ》があるのは間違いなかった。

「九條家に入りこんで、なにを企んでるんだ」

「どうやら、誤解しているようね」

「島を支配するつもりで、父さんを上手いこと言いくるめたんじゃないのか？」

核心を突いたはずなのに、響子の表情はぴくりともしない。平静を装っているのではなく、まるで意に介していなかった。

「わたしと大悟さんは、純粋な恋愛よ」

義母の口もとには微笑さえ浮かんでいる。この期に及んで、よくそんなことが言えるものだ。

「真面目な父さんを騙したくせに」

苦々しく吐き捨てるが、響子は平然としている。その顔を見ていると、ますます腹が立ってきた。

「母さんが生きていたころから、父さんと関係してたんだろ」

漁師小屋の裏で、父と響子が抱擁しているのを見かけたことがある。当時、中学生だった祐二はまずいものを見てしまったと思い、これまで誰にも話さず自分の胸だけに留めてきた。

「男と女が惹かれ合ったのだから、仕方のないことよ」

あっさり認める神経が知れなかった。もはや、この女にはなにを言っても響かないのかもしれない。

「父さんが死んだら、今度は神主さんか」

怒りにまかせて放った言葉だった。そのとき、ほんのわずかだが、響子の眉がピクリと動いた。

「あんたが神主さんの家に入っていくところを見たんだ」

チャンスと見て一気に畳みかける。言い逃れはさせない。もし誤魔化そうとするなら、神主となにをしていたのか詳細に語るつもりだった。

「そう、見たのね」

否定するつもりはないらしい。響子の声は、凪《な》いだ海のように穏やかだ。それでも、スタンドの柔らかい光を受けた瞳は爛々《らんらん》と輝いていた。

響子が小さく息を吐きだし、浴衣の胸もとがゆったり揺れる。その瞬間、神主にまたがり、腰を振りたくっていた姿がフラッシュバックした。

(うっ、や、やばいっ)

ペニスが膨らみかけて、慌てて下腹部に力をこめる。精神力でなんとか勃起を抑えこむと、再び義母の瞳をぐっと見据えた。

「島のためにやったことよ」

響子は澄ましているが、どこか先ほどまでとは雰囲気が違っている。落ち着き払っているが、圧力はいっそう強くなっていた。

「島のためって、どういうことだよ」

もちろん、信用したわけではない。だからといって、口からでまかせを言っているようにも見えなかった。

「とうとう話すときが来たようね」

響子が重々しく口を開く。いったい、なにが語られるのだろう。かつてない緊迫感のなか、祐二は義母と対峙していた。

「大悟さんから聞いた話を、そのまま伝えるわ」

そう断ると、神妙な面持ちで睫毛を伏せる。そして、しばらく黙想したあと、おもむろに話しはじめた。

「代々九條家の当主は、性豪《せいごう》がなると決まっているのよ」

「……は？」

意味がわからず聞き返す。首をかしげていると、響子は表情を変えることなく淡々と説明をはじめた。

「九條家は男子が生まれる家系なの。しかも、巨根の持ち主が多い。なぜかはわからないけど、昔からそういう血筋だって聞いてるわ」

いったい、なにを言い出すのだろう。確かに、祐二と貴久の兄弟、父の大悟の兄弟、祖父の代までさかのぼっても女性はいない。しかし、それより真面目な顔で「巨根」と口にするのが滑稽だった。

「そんなの、たまたまだろ」

「祐二さんのサイズを確かめさせてもらったけど、確かに大きかったわね」

そう言われてはっとする。

帰郷初日、祐二が風呂に入っていると響子が現れた。背中を流したついでに、ペニスを握られて念入りにしごかれてしまった。祐二が快楽に溺れていたとき、じつはサイズを測っていたのだ。

「どうして……そんなことを？」

「すべては、この島のためよ」

九條家の当主は、その類《たぐい》まれな性豪ぶりで島の女たちを満足させてきた。欲求不満の解消こそが、狭い島での人々の暮らしを平和へ導くと考えられてきたのだ。そして、情を交わした女たちのなかから厳選した者を協力者として引きこみ、島の有力者たちに手配してきたという。

島を統治するには、土地を安く貸すなどの金銭面だけではなく、生活面の安定も必要だ。そうすることで、海底炭鉱が閉山になった今も、沖ノ果島の人々の暮らしは守られてきたらしい。

「そんな、まさか……」

「これは島を統治してきた者たちの宿命よ」

「じゃあ……父さんも？」

そう言った直後、神主の言葉を思い出す。

──家内も大悟さんにはずいぶん世話になったよ。

あれは父が神主の妻と関係を持ったことを示しているのではないか。しかも、それを神主は許容していたことになる。

それに昨日、千鶴もおかしなことを言っていた。

——二人のときは、とてもおやさしいお方でした。

まさか父は千鶴のことも抱いていたというのか。だが、そう仮定すると、辻褄《つじつま》が合うような気がした。

「バ、バカな……あり得ない」

思わず声に出して否定する。響子が言っていることなど信用できるはずがない。そう、絶対に信用してはならないのだ。

「大悟さんはご自身の死期を悟っていたの。最期の瞬間まで、後継者のことを心配されていたわ」

本来の跡継ぎは長男の貴久だが、病弱で役割を果たせるか不安だった。祐二が実家にいるときから、貴久の体調は思わしくない状態がつづいていた。しかし、性豪の血は、いきなり目覚めることがあるという。だから、貴久が後継者になる可能性があるとして見守ってきた。

「でも、大悟さんは見抜いていたのね」

性豪の血を継いでいれば、貴久の体調は回復する。復調しない場合は、祐二を当主の座に据えるように響子に告げていた。

「な……なにを言ってるんだ」

「貴久さんは、まだ正式に当主になったわけではないの。今は仮の当主なのよ。体調が戻らないときは、祐二さんに譲ることで納得してもらってるわ」

初耳だった。兄が九條家の当主を継いだものだとばかり思っていた。

体調不良のままでは当主と村長の仕事を全うできない。本人も当主の座を祐二に譲ることを望んでいる。最近は勃起力が弱まって、子供が作れなくなったのも決定的な理由となり、貴久は後継者の座からおりるらしい。

「すべては前当主が指示したとおりよ」

大悟は死後のことを、しっかり予測していたという。

正式な後継者が決まるまで、大悟は協力者であり、また後妻でもある響子に、仮の統治者としての役目を頼んでいたのだ。大悟を愛していた響子は、当然ながらそれを受諾した。

「大悟さん直筆の指示書が金庫に保管してあるわ。祐二さんなら、本物かどうか見分けられるでしょ」

「じゃあ……響子さんが、当主のように振る舞っていたのも……」

「仮の統治者だったからよ。でも、一番大切な役目は、あなたを性豪に目覚めさせること」

さらに響子は驚愕の真実を明かしていった。

千鶴に筆おろしさせたのも、綾香に誘わせたのも、有紀のヴァージンを奪うことになったのも、すべては響子の指示だという。祐二のなかに潜む性豪の血を目覚めさせて、「島の支配者」にするためだった。

「ウソだ……そんな……」

それ以上、言葉にならない。祐二は正座をしたままうつむき、自分の膝を強く握りしめた。予想外のことばかりで、頭がついていかなかった。

3

千鶴に関しては、神社に向かう姿を目撃しているので、心のどこかでもしやと思っていた。しかし、綾香と有紀のことは微塵も疑っていなかった。

「祐二さんが当主になったら、綾香さんと有紀ちゃんも、あなたの協力者になることを了承してくれたわ」

布団の上で正座をしている響子が、事実を淡々と告げてくる。その余裕たっぷりの態度が腹立たしい。

「なにが協力者だ……そんなことを頼んだ覚えはないぞ」

すべては祐二が知らないところで進行していた。亡き父の指示とはいえ、この女の思いどおりになっていたのだ。

千鶴、綾香、有紀……。密かに好意を寄せていた女性たちが、響子によって操られていた。

「なんでも言うことを聞くから、好きに使うといいわ」

「あんたって人は……」

目の前の義母をにらみつける。

この女がどうして父に近づいたのか、本当のところはわからない。本当に純粋な恋愛なのか、都合のいい男を見つけたと思ったのか、それとも島を支配しようと企んでのことなのか。いずれにせよ、祐二にとっては受け入れがたい女だった。

「三回忌の会食のあと、なにをやってたんだ？」

「駐在所で四人のお相手をしたの。わたしと千鶴の二人でね」

響子はあっさり打ち明けた。やはり、いかがわしい行為に耽っていたのだ。予想はしていたが、事実だとわかるとショックだった。

「わたしのことも協力者にしていいのよ。あなたにできるならね」

響子が唇の端に笑みを浮かべた。

その瞬間、憤怒とこれまでにない感情が膨れあがった。この女の減らず口を黙らせたい。根拠のない自信をへし折ってやりたい。力で押さえこんで謝罪させたい。徹底的に嬲《なぶ》り抜き、身も心も完全に支配したかった。

こんな女の手のひらで踊らされていたと思うと、全身の血液が沸騰するような感情に囚《とら》われた。

「今度は俺が踊らせてやる！」

怒りが頂点に達し、頭のなかが真っ赤に染まる。もうなにも考えられない。いきなり飛びかかり、義母の身体を布団の上に押し倒した。

「ちょっと、なにするの！」

響子は慌てて叫ぶが、構うことなく浴衣の帯をほどいていく。浴衣の前を開くと、たわわな乳房が剥きだしになった。

「ああっ、やめなさい」

「もう、おまえの思いどおりにはさせないからな」

身をよじって抗う響子だが、祐二も手を緩めない。強引に浴衣の腕を抜き、瞬く間に女体から剝ぎ取った。これで響子が纏っているのは白いパンティだけだ。仰向けになった熟れた裸体が、スタンドの明かりに照らし出されていた。

「おまえなんて、ただの後妻じゃないか」

パンティに手をかけると一気に引きさげる。響子はとっさに膝を閉じて手を伸ばすが、引きちぎる勢いで抜き取った。

「あっ、いやっ」

恥丘に茂った漆黒の陰毛が溢れだす。響子が慌てて両手で隠しても、すぐさま手首を摑んで引き剝がした。

「ちゃんと見せるんだ」

「な、なにしてるの、離しなさいっ」

懸命に身をよじったところで、男の力に敵《かな》うはずがない。顔の横で両手を押さえつけると、匂いたつような熟れた女体を見おろした。

ボリュームのある乳房が、身じろぎするたび大きく揺れる。肌が雪のように白いので、頂点で揺れる乳首の紅色が際立っていた。全体的にむちっとしているが、腰はしっかりくびれている。尻にもたっぷり脂《あぶら》が乗っており、男を昂らせずにはいられない垂涎《すいぜん》の女体だった。

「なんて身体だ……」

思わず唸り声が溢れだす。神主と交わっている場面を見ているが、こうして間近で目にすると迫力がまるで違っていた。

「この身体で父さんを誑《たぶら》かしたんだな」

義母の裸体が輝いているからこそ、怒りはますます増幅する。屈服させたいという思いが腹の底から沸きあがった。

「まだわからないの？　あなたのお父さんは性豪なのよ」

響子は全裸になっても強気な姿勢を崩さない。乳房を揺らしながら、鋭い視線を向けてきた。

「誑かされたのは、わたしのほうよ」

「いい加減なことを言うな！」

怒りにまかせて女体をうつ伏せに転がすと、彼女の両腕を背後にひねりあげる。腰の後ろで両手首をひとまとめにして、浴衣の帯をぐるぐる巻きつけた。

「ちょ、ちょっと、なに？」

響子が声をあげたときは、すでに帯をしっかり縛ったあとだった。慌てた様子で腕に力をこめるが、もう自力ではほどくことはできない。暴れたところで、帯が皮膚に食いこむだけだった。

「ううっ、痛いわ、ほどきなさい！」

「好き勝手をやった罰だよ。反省したらほどいてやる」

「なにを言ってるの？」

響子は仰向けに転がると、祐二をにらみつけてきた。

「わたしは大悟さんに言われたことをしたの。全部、あなたのお父さんが命じたことなのよ」

懸命に訴えるたび、豊満な乳房がタプタプ揺れる。両腕を使えないため、肌を隠すことはできない。恥丘でそよぐ陰毛も丸見えのままだった。

「義姉さんや有紀ちゃんのことも？」

祐二は質問しながらスウェットを脱ぎはじめた。ボクサーブリーフの股間は、憤怒と興奮で大きく膨らんでいた。

「あの二人は、祐二さんを覚醒させるために手伝ってもらったの」

「手伝ったんじゃなくて、無理やりやらせたんだろ」

仮の統治者とはいえ、響子に言われたら断れるはずがない。綾香は夫のことで負い目があるし、漁師の娘である有紀は九條家に盾突くなどあり得ない立場だ。島で生まれ育った者にとって、九條家は絶対的な存在だった。

「あなたのためだったの。覚醒して真の統治者になるのよ」

「そんなこと知るか、俺はもう島を出たんだ」

ボクサーブリーフを脱ぎ捨てると、屹立した男根を露わにする。祐二の怒りを体現するように、ペニスは天を衝《つ》く勢いでそそり勃《た》っていた。

「ウ、ウソ……」

響子が目を見開き、膝立ちになった祐二の股間をまじまじと見つめてくる。すでに風呂場でたっぷり触れているのに、驚愕の表情を浮かべていた。

「この間より大きくなってるじゃない」

冗談を言っている顔ではなかった。

確かにカリの張り方が以前より鋭くなった気がする。とはいえ、毎日見ているせいか、自分では変化がわからない。そもそも、二十歳にもなって成長するとは思えなかった。

「そんなわけないだろ」

この女の口車に乗るのは危険だ。きっぱり否定すると、細い足首を摑んでグイッとひろげた。

「ま、待ちなさいっ」

響子がひきつった声をあげるが、やめるわけがない。どんどん下肢を引き裂き、太腿の奥に隠れていた淫裂を露わにした。

濃い紅色をした陰唇が視界に飛びこんでくる。まだ触れてもいないのに、すでにしとどに蜜を溢れさせていた。二枚の花びらがゆっくり蠢く様は、まるで男を求めているようだった。

「なんだ……これは？」

この状況で濡らすとは、どういう神経をしているのだろう。祐二は義母の股間を覗きこみ、頭に血が昇っていくのを感じていた。

「あぁっ、離しなさい」

響子は身をよじるが、もちろん手を離すつもりはない。顔を股間に近づけて、新鮮な赤貝のように蠢く肉唇を凝視した。

「どうして、こんなに濡れてるんだ？」

「そんなはず――はンンッ！」

フーッと息を吹きかけると、義母の声が艶っぽい吐息に変化する。どうやら、感度が高まっているらしい。腹部が波打ち、腰も微かにくねっている。内腿に唇を押し当ててみると、途端に女体が跳ねあがった。

「はああンッ！」

「へえ、意外と感じやすいんだね」

「あンッ、やめて、やめなさいっ」

強気に命じてくる声を無視して、柔らかい内腿にキスの雨を降らせていく。徐々に股間に近づけると、付け根の際どい部分を舐めまわした。

「ああッ、い、いや、やめて」

響子が慌てた様子で首を振る。性器をしゃぶられると思ったのだろう。だが、あえて割れ目には触れずに、反対側の内腿に移動する。そして、ひたすらついばむようなキスを繰り返した。

「あっ……あっ……ンンっ」

下唇を嚙んで声をこらえるが、熟れた身体は確実に反応している。新たな淫汁が溢れて割れ目を濡らし、甘ったるい牝の匂いが漂いはじめた。

「もしかして、縛られて興奮したの？」

「な、なにを――ああッ！」

淫裂を軽く舐めあげれば、こらえきれない喘ぎ声が溢れだす。下肢がぶるるっと震えて、あっという間に昇り詰めそうだ。でも、一度舐めただけで、それ以上の刺激は与えなかった。

「もっと気持ちいいこと、してあげようか」

股間から顔をあげて問いかける。陰毛越しに見える響子の顔は、羞恥と屈辱で赤く染まっていた。

「ふ、ふざけるのはやめて……手をほどきなさい！」

「フッ……まだ自分の立場がわかってないんだな」

響子が怒りを露わにするが、聞く耳を持たずに愛撫を再開する。内腿の付け根や恥丘に、キスの雨を降らせていく。あくまでも陰唇を避けるのがポイントだ。際どいところまで近づいては、すっと離れることを繰り返した。

「あっ、い、いやっ……あンンっ」

抗議の声の合間に、微かな喘ぎ声が混ざっている。心では抗っていても、期待感が高まっているのだろう。身体は確実に反応して、愛蜜の量が着々と増えていた。

「こんなに濡らして、恥ずかしくないの？」

「ぬ、濡らしてなんて……」

内腿に痙攣を走らせながらも、響子は勝ち気に振る舞っている。すでに陰唇は華蜜にまみれており、透明な汁が肛門まで垂れていた。

「もう尻の穴まで濡れてるよ」

「ウ、ウソよ、そんなはずないわ」

「ほんとだって、ほらここ」

両膝の裏をグイッと押して、尻をシーツから浮きあがらせる。女体を二つ折りにする感じで、股間が真上を向くほど膝裏を強く押さえつけた。股間に顔を寄せている祐二の様子が、響子から丸見えの体勢だった。

「じゃあ、ちょっと確かめてみるよ」

「ちょ、ちょっと、いや——ひいいッ!」

いきなりアヌスにむしゃぶりつくと、義母の声が裏返った嬌声に変化する。突然の刺激に順応できず、女体がビクビクと跳ねまわった。

「ひいッ、や、やめっ、あひいッ」

「ほら、お尻の穴までこんなに濡れてる……はむううッ」

祐二は女体をがっしり押さえこみ、アヌスを思いきりねぶりまわした。唾液をたっぷり塗りつけて、窄まりの中心部に尖らせた舌先を押しつけていった。

「ダ、ダメっ、ああっ、やめるのよっ」

響子が抗いの声を振りまき、宙に浮いた両足をバタつかせる。いっそう激しく抵抗するが、舌先は愛蜜のヌメりを利用して肛門に滑りこんだ。

「ひいいッ、ひううぅッ」

もはや言葉になっていない。排泄器官をねぶられ、脳髄を灼く屈辱と快感に、響子は眉を八の字に歪めて首を振りたくった。

「すごい反応だね。お尻がそんなによかったの？」

アヌスから口を離すと、今度は陰唇にむしゃぶりついた。

「はあああぁッ」

「こっちはもうトロトロだ」

大量の華蜜で割れ目はすっかり潤んでいる。溶けて流れ出しそうなほど、陰唇は熱く蕩けていた。

「ああぁッ、ダ、ダメっ、はあぁッ」

あの勝ち気な義母が、たまらなそうに喘ぎだす。祐二はここぞとばかりに舌を使って、ぷっくり膨らんだクリトリスを転がした。

「ああッ、いやっ、はあああッ」

顔がよく見えるので責め甲斐がある。響子は切羽詰まった様子で首を振り、同時に腰をくねらせた。宙に投げ出された両足のつま先が、なにかを掴むようにキュウッと丸まった。

「ああッ、ダ、ダメっ、もうっ、はうううッ」

今まさに達する寸前まで追いこむと、祐二は口をすっと離した。

「ああ……」

義母の唇から、やるせない声が溢れだす。絶頂をはぐらかされて、不満げな瞳で見あげてきた。

「どうしたの?」

祐二はわざと素っ気ない言葉を浴びせかける。まだまだ解放するつもりはない。弄《もてあそ》ばれたぶん、たっぷり嬲らなければ気がすまなかった。

もう響子は反論しない。ただ口惜しげに下唇を噛みしめて顔をそむけた。

「じゃあ、つづけるよ」

祐二は再び陰唇にむしゃぶりついていった。

「ああッ、そんな……」

蕩けた花びらを一枚ずつ口に含んでは、意識的に音を立てて愛蜜を啜りまくる。ジュルジュルという下品な音は、彼女の耳にも届いているだろう。そうしながら、先ほど舐めほぐしたアヌスに指先を軽く埋めこんだ。

「あひぃぃッ、も、もう、そこは……」

「やっぱり、ケツの穴も感じるんだね」

中指を第一関節まで埋めこむと、途端にキュウッと締まって締めつけてくる。同時に愛蜜の量がどっと増えて、吸いあげるたび口内に流れこんできた。

「こんなに濡らして……うむううッ」

飲みきれないほど、愛蜜が次から次へと溢れてくる。祐二は決して口を離すことなく、義母の陰唇をしゃぶりつづけた。

「ひぃぃッ、やめてっ、ひあああッ」

手は縛ってあるので使えない。響子にできるのは宙で足を蹴り、腰を悶えさせることだけだ。全身の皮膚がじっとり汗ばんでいる。女体をよじらせるたび、大きな乳房がプリンのように揺れていた。

「ま、待って、それ以上……あああッ」

反応が顕著になる。全身がヒクヒクして陰唇も蠢き、さらに尻穴が急激に締まってきた。

「はあッ、ダ、ダメっ、ダメダメっ」

響子の喘ぎ声がいっそう大きくなる。と、次の瞬間、両脚がピーンと突っ張り、二つ折りにした女体に力が入った。

「あああッ、も、もうっ、あああッ、いっ、いっ、あぁあああああああッ！」

ついに後妻がエクスタシーの嵐に呑みこまれる。両手を拘束したうえ、アヌスに指を挿《い》れながらのクンニリングスで、追いつめることに成功したのだ。腰を激しく振りたくり、泣き喚《わめ》くように昇り詰めていった。

4

「すごいね。ケツの穴をほじられてイッたんだ」

からかいの言葉を投げかける。高慢な父の後妻を喘ぎ泣かせたことで、祐二の欲望はさらに膨れあがっていた。

「俺にイカされた気分はどう？」

「そ……そ……そんな……」

響子が小さく首を振った。そして、耳を澄ましてようやく聞き取れるくらいの、切れぎれの声でつぶやいた。

「イ……イッて……ない」

瞳は虚《うつ》ろで呂律が怪しくなっている。あきらかに昇り詰めた直後だが、それでも敗北を認めようとしなかった。

「そういう態度なら、こっちにも考えがあるよ」

祐二は女体に覆いかぶさると、正常位の体勢で亀頭を淫裂に押し当てた。

「ああっ！」

軽く触れただけなのに、熟れた女体が小さく跳ねあがる。スタンドの弱々しい明かりのなかで、汗ばんだ白い肌がヌラリと光った。

「ダ、ダメ……今はダメよ」

「心配しなくても挿れないよ。響子さんがお願いするまではね」

腰をゆったり動かし、割れ目に密着させた亀頭を滑らせる。愛蜜まみれの陰唇が擦れて、ニチュッ、クチュッという湿った音が室内に響き渡った。

「ああンっ、いや……」

途端に響子は腰をくねらせた。

瞳は潤みきっており、今にも涙がこぼれそうになっている。それでも、まだ屈服しないとばかりに、下唇をぐっと噛んだ。

「ふふっ、いつまで頑張れるか楽しみだよ」

両手を伸ばして乳房を揉みあげる。柔肌はしっとりしており、手のひらに吸いついてくるようだ。軽く指を曲げれば、蕩けそうな乳肉に沈みこんでいった。

「はンンっ……や、やめなさい」

さすがに迫力はないが、相変わらずの命令口調だ。よくここまで強気でいられるものだと感心する。

しかし、祐二も引きさがるつもりはなかった。

プライドが高いから、なおのこと屈辱を味わわせたくなる。生意気な女の鼻っ柱をへし折りたかった。

「朝まで時間はたっぷりあるんだ」

祐二は己の欲望を抑えこみ、じっくり腰を前後に動かした。膨張した亀頭で、蕩けた陰唇を擦りたてる。カウパー汁と華蜜が混ざり合い、まるでローションのように滑っていた。

「う、動かないで……あンっ……ああンっ」

もはや声を抑えきれないのだろう。響子はくびれた腰をくねらせる。乳房を揉みあげれば、さらに悶え方は大きくなった。

「はあンっ、い、いやっ」

硬く充血した乳首を指の股に挟みこみ、柔肉に指を沈みこませる。もちろん、腰を振るのも忘れず、亀頭で割れ目を撫でつづけた。

「あっ……あっ……」

「汁の量が増えてるね。我慢できなくなったんじゃないの？」

「ち、違う……はンンっ」

もはや全身汗だくで耐えている。亀頭でクリトリスを小突くと、彼女の顎が跳ねあがり、白い首筋が剝き出しになった。

「強がっても無駄だよ」

祐二は吸い寄せられるように上半身を伏せて、義母の首筋にむしゃぶりついた。

「はンンッ」

唇を押し当てるなり、舌を伸ばして汗を舐め取っていく。甘酸っぱさが口内にひろがり、ますます気持ちが高揚する。柔肌を好き放題に舐めまわし、さらには耳たぶを口に含んで甘嚙みした。

「ひンンッ、み、耳、ダメ……はあぁッ」

響子の表情が蕩けていく。アクメに達したことで、全身の感度がアップしているのだろう。首筋でも耳でも、触れるたびに艶めかしい喘ぎ声が溢れだした。

「いい顔になってきたよ」

ペニスの先端を膣口に押し当てる。ついこの間まで、膣口を探すだけでも苦労したが、今ではあっさり見つけられるようになっていた。

「あッ、ダ、ダメっ」

「まだ挿れないよ」

あてがっただけで挿入はしない。ほんの数ミリ、先端を泥濘《ぬかるみ》に沈ませるだけで、焦燥感を煽る刺激だけを与えつづけた。

「そ、そんな……はンンっ」

響子が焦れたように腰をよじらせる。唇は半開きになっており、端から透明な涎《よだれ》が垂れていた。

「欲しかったら、ちゃんとお願いするんだ」

そう囁くと、耳のなかまで舐めまわす。同時に亀頭で膣口を刺激し、手では乳房を揉んだり、乳首を摘んだりの愛撫を繰り返した。

祐二も高揚している。ペニスはかつてないほど硬直して、肉胴部分には青筋が浮かびあがっていた。正直、挿れたくてたまらない。それでも、父の後妻を屈服させたい一心で耐えていた。

「あッ……あッ……や、やめて……」

響子の声が震えている。腰が絶えずくねっており、愛蜜が泉のように滾々《こんこん》と溢れている。潤んだ双眸からは、今にも涙がこぼれそうになっていた。

「先っぽだけでいいの？」

こうなったら根比べだ。腰を揺すりながら声をかける。亀頭の先端で、膣口の泥濘をクチュクチュ掻きまわした。

「あンっ、いや、それは……はンンっ」

居ても立ってもいられない様子で、しきりに腰をよじらせる。声にも甘い響きが混ざり、乳首はますます硬くなっていた。

「やせ我慢しても、身体は正直みたいだね」

腰を軽く振り、根気強くペニスを揺らしつづける。憤怒と欲望が絡み合い、異様な興奮へと昇華していく。挿入したい気持ちを懸命にこらえて、亀頭の先端で女壺の浅瀬を刺激した。

「あっ……ああっ……も、もう……」

響子の唇は半開きになったままだ。涙の滲んだ瞳で訴えるだけで、にらみつける余裕もないらしい。それどころか腰をしゃくりあげて、あわよくば亀頭を呑みこもうとしていた。

「まだダメだよ。ちゃんと言うんだ」

義母が股間を突き出してきたときは、すかさず腰をすっと引く。あくまでも亀頭の先端だけで、それ以上の挿入は許さない。快楽をお預けにして、中途半端な刺激だけで延々と焦らしつづけた。

「こんなのって……ああンっ」

「ほら、俺のチ×ポが欲しいんだろ？」

あてがっていた亀頭を、ほんの数ミリだけ押しこんだ。途端に陰唇が蠢き、亀頭を吸いあげるようにクチュッと絡みついてきた。響子の唇がわなわな震えて、女体のくねりも大きくなった。

「も、もう……もうダメ」

「はっきり言わないとわからないよ」

「ああっ……ほ……ほ……欲しい」

ついに響子がおねだりの言葉を口にする。九条家に入りこんで好き放題に振る舞ってきた女に、ペニスを求める台詞《せりふ》を言わせたのだ。しかし、祐二はまだ満足していなかった。

「ダメだ。なにをどこに欲しいか言うんだ」

そう告げると、響子はうらめしげな表情を浮かべて逡巡した。だが、すぐに我慢できない様子で叫んだ。

「ああっ……祐二さんのペニスを、わたしの……オ、オマ×コにくださいっ！」

「ようし、挿れてやる……ふんんっ！」

全身の産毛《うぶげ》が逆立つような興奮のなか、これでもかと屹立した怒張で、女壺を一気に貫いた。

「はあああああッ！」

根元まで叩きこんだ瞬間、女体が大きく仰け反った。顎を跳ねあげて、乳房を震わせながらよがり泣く。ペニスを挿入しただけで昇り詰めたのだ。

「もうイッたんだ……ううっ」

膣道が思いきり収縮して、太幹を締めあげてくる。祐二は快楽に唸りながらも、義母の顔を見おろした。

父親の後妻と繋がっていると思うと信じられない。しかし、股間に視線を向ければ、そこには現実がある。いきり勃った己のペニスが、義母の女陰の狭間に深々と埋まっていた。

「も、もう……抜いて……」

響子が眉を歪めながら懇願してくる。これまでの高圧的な態度は消え失せて、情けないほど瞳を潤ませていた。

「まだまだこれからだよ」

弱気な態度を見せられると、ますます叩きのめしたくなる。

義母の細い足首を掴み、いきなり大きく持ちあげた。女体を折り曲げるようにしながら、祐二も正常位から中腰の姿勢になっていく。真上からペニスを突きこむ形になると、さっそく腰を振りはじめた。

「あうッ、ダ、ダメ、今は……」

「絡みついてくる……ううぅッ」

膣襞の蠢く感触が心地いい。亀頭が抜け落ちる寸前まで後退させると、勢いよく根元まで叩きこんだ。

「はううッ、つ、強い」

女体がビクビクと反応する。昇り詰めた直後で過敏になっているらしく、締まり具合も強烈だ。肉柱を絞りあげるように、女壺全体が収縮していた。

「ま、まだだ……こんなもんじゃないぞ！」

この女に受けた屈辱は、これくらいでは返せない。祐二は力強く腰を振り、真上から連続して剛根を突きまくった。

「ああッ、ああッ、ま、待って、ダメっ、はあああッ」

「くおおッ、ぬおおおおッ」

頭に血が昇り、まともな言葉が出てこない。とにかく、獣のように唸りながら、肉の凶器と化したペニスをねじこんだ。

「ふ、深いっ、あああああッ」

響子の喘ぎ声が艶を帯びていく。顔が桜色に上気しており、首筋から乳房にかけても染まっていた。

すでに前戯で一度、挿入した直後に一度達している。もう全身が性感帯となっており、どこに触れても感じる状態だ。快楽が全身に蔓延《まんえん》して、ひと突きごとに喘ぎ声が大きくなった。

「そ、そこばっかり、あああッ」

亀頭の先端が膣の最奥部に到達している。カリで膣壁を摩擦しながら、子宮口をコツコツとノックした。

「ここか？　ここが好きなのか？」

弱点を見つけてピストンを加速させる。体重を浴びせて、奥の奥を容赦なく抉《えぐ》りまくった。

「あああッ、こ、こんなにすごいなんて……」

驚いたことに響子の瞳から涙が溢れだした。あの勝ち気な義母が、泣くほど感じているのだ。それを目にした瞬間、祐二は新たな力を得たような、不思議な感覚に囚われた。

「おおおおおッ！」

力が漲《みなぎ》り、かつてない全能感が満ち溢れていく。ペニスがさらに膨張して、女壺を内側からググッとひろげていった。

「お、大きくなってる、はううッ」

響子が戸惑いの声を漏らしながら、腰をくなくなと振りたてる。感じまくってるのは明らかで、ペニスと膣口の隙間から愛蜜がジュクジュク湧きだしていた。

「どこまで大きくなるの？　あぁッ、本物よ、あなたこそ、この島の支配者だわ」

「うるさい黙れ、今度は後ろから突いてやる」

男根を引き抜き、女体を転がしてうつ伏せにする。腰を摑んで引きあげると、尻を高く掲げる姿勢を強要した。

「ああっ、こんな格好……」

後ろ手に縛ってあるので、響子は顔を横に向けて上半身を伏せた状態だ。尻を突きあげて、股間を剝き出しにした屈辱的な格好になっている。それでも、火がついた女体は、内腿まで垂れるほど大量の愛蜜を湧出していた。

「いくぞ……おううぅッ！」

淫裂に亀頭をあてがうなり、ひと息に根元まで沈みこませる。膣襞がいっせいにザワめき、義母の汗ばんだ背中が反り返った。

「ひあぁああッ！」

腰の上で縛った両手を握りしめて、よがり泣きを迸《ほとばし》らせる。響子は歓喜の涙を流しながら、双臀を左右に振りたてた。

「あああッ、奥まで来てるのっ」

あの高飛車な義母とは思えないほど、あられもない声で喘いでいる。媚肉はまるで男根に縋《すが》りつくように締まり、ギリギリと締めあげていた。

「き、気持ちいいっ、ぬううッ」

くびれた腰をしっかり摑み、本格的なピストンを開始する。義母のヒップに叩きつけるように、勢いよく腰を振りたてた。

「ああッ、い、いいっ、あああッ」

「おおおッ、おおおおッ」

響子の喘ぎ声と祐二の唸り声が交錯する。遠くで発生したアクメの波が、急速に接近していた。祐二が男根を突きこめば、響子は腰をくねらせる。快楽の嵐が吹き荒れて、二人は本能のままに粘膜を擦り合った。

「あああッ、すごいの、大悟さん以上よ、はあああッ」

もはや響子は手放しで喘ぎまくっている。すっかり祐二のペニスの虜になり、夢中になって快楽を貪っていた。

「お、俺も……うううッ」

凄まじい快感が押し寄せて、祐二は鬼の形相で腰を振りたくった。

あの響子が喘ぐだけの快楽人形と化している。父親以上だと言われて、勝ち誇った気分で男根を穿《うが》ちこんだ。

「ああッ、ああッ、も、もうっ、あああッ」

「ぬおおおッ、いくぞっ、いくぞっ！」

頭のなかで快楽の小爆発が起こっている。アクメの波が目の前まで迫り、ついにラストスパートの抽送に突入した。

「い、いいっ、すごいっ、あああッ、イッちゃいそうっ」

「おおおッ、イカせてやるっ、ぬおおおおッ」

腰を思いきり打ちつける。義母の尻肉を、パンッ、パパンッと鳴らしながら、男根を奥の奥まで叩きこんだ。

「あああッ、イ、イクッ、イクイクッ、あああッ、イックうううッ！」

折れそうなほど背中を反らし、響子はオルガスムスへと昇り詰めていく。両手を拘束されての後背位で、よがり泣きを響かせながらアクメへと達していた。

「おおおッ、俺も出すぞっ、ぬおおおおおおおッ！」

祐二もこらえにこらえてきた欲望を一気に解放する。蜜壺の奥深くに埋めこんだペニスを脈打たせて、大量のザーメンを放出した。

「ひあああッ、い、いいっ、はあああああッ！」

響子がまたしても絶叫する。達しているところに白濁液を注がれて、さらなる高みへと駆けあがった。

凄まじい愉悦の嵐が二人を包んでいる。祐二が咆哮《ほうこう》しながら欲望を流しこめば、響子も双臀を突き出して喜悦の声を響かせた。

魂《たましい》まで揺さぶる絶頂感が、四肢の先までひろがっている。理性がドロリと溶けて、半ば気を失うほどの快感だった。

肉柱を引き抜くと、響子は力尽きたように突っ伏した。祐二も頭のなかを真っ白にしながら、上気した女体の隣に倒れこんだ。二人とも、しばらく口をきくことができなかった。

(俺は……いったい？)

胸が早鐘《はやがね》を打っているが、全身には力が満ちている。たった今、射精した直後だというのに、ペニスは硬度を保ったままだった。

あきらかにこれまでとは違っている。

百戦錬磨の響子を焦らし抜き、おねだりさせるほど追いつめた。さらには持久力と力強さを兼ね備えたピストンで責め立てて、口をきけなくなるほど深い絶頂を味わわせたのだ。

手首を縛っていた帯をほどくと、響子は身体を反転させて寄り添ってくる。仰向けになった祐二の肩に顎を載せて、熱い眼差しを送ってきた。

「すごかったわ……これからはあなたがこの島の支配者よ」

吐息混じりにつぶやき、汗ばんだ裸体を寄せてくる。乳房が二の腕に触れて、柔らかくひしゃげた。

「俺が……支配者」

「そうよ、これからは気に入った者をあなたの女にすればいいの。綾香さんと有紀ちゃんみたいにね」

響子が悪戯っぽく笑うが、不思議と腹は立たない。先ほどまでの憤怒は、いつしか消えてなくなっていた。

「あの二人、もともと祐二さんのことが気になってたみたいよ」

もしやとは思っていたが、第三者から言われると気持ちが盛りあがる。有紀にいたっては、祐二にヴァージンを捧げることを自ら望んだという。一度きりではなく、できることなら関係を継続したかった。

「それに、わたしもね」

「……え？」

肩に頬擦りしている響子に視線を向けると、慌てた様子で腋《わき》の下に顔を埋めてしまう。それでも、ほんの一瞬だったが、頬がリンゴのように赤く染まっていたのを見逃さなかった。

「九條家の当主は祐二さんに継いでもらいます。貴久さんも反対しないはずよ、村の者たちにもわたしから伝えておくわ」

亡父の命を受けた義母からはっきり任命される。祐二は困惑しつつも、胸の奥が熱くざわめくのを感じていた。

「それから……わたしも、あなたの女にしてね」

響子が掠れた声で囁き、ペニスに手を伸ばしてくる。そして、さも愛《いと》おしげに長大な肉柱をしごきたてた。

エピローグ

翌朝、祐二は自室の布団で目を開けた。

大きく伸びをして体を起こし、シーツの上で胡座《あぐら》をかく。明け方近くまで荒淫に耽った名残りで、腰に心地よい疲れが残っていた。

帰島して六日目の朝だった。

短時間だったが目をつぶって横になったことで頭がすっきりしている。もはや迷いはなかった。枕もとに置いてあったボストンバッグから携帯電話を取り出すと、登録してあった番号を呼びだした。

『はい……』

五コール後に、いかにもだるそうな声が聞こえてきた。勤務先の缶詰工場の主任だった。

「九條です。おはようございます」

主任の声はあきらかに苛ついている。もともと怒りっぽくて口うるさい男だった。

『そんなの無理に決まってるだろう。おまえ、何日休むつもりだ』

「あと一週間、休みをください」

『おう、どうした？』


「ダメですか」

『そんなこと工場長に言ってみろ、即行でクビになるぞ』

脅しのつもりなのか、すぐに工場長の名前を出すのが腹立たしい。そう言えば、こちらが従うと思っているのだろう。

「じゃあ、クビにしてください」

これ以上、この男と話しても意味はない。祐二はあっさり電話を切ると、すぐに携帯の電源を落とした。職場への未練はまったくなかった。

昨夜は窓の外が明るくなるまで、響子とたっぷり楽しんだ。

何度も絶頂に導き、祐二も大量のザーメンをこれでもかと放出した。あれほど連続でセックスしたのは初めてだった。

義母がダウンしたので仕方なく部屋に戻ってきたが、祐二はまだつづけることができた。昨夜の情交で、九條家の性豪の血が目覚めたようだ。あきらかに精力が強くなっている。どうにも高揚して眠れないまま、朝を迎えてしまった。

予定どおり朝の定期船に乗るなら、もう出発しなくてはならない。だが、荒れ狂う血を持てあましていた。この昂る気持ちを静める方法はひとつしかなかった。

（今夜は、誰と楽しもうか）

早くも思考は夜に飛んでいた。

綾香でも有紀でも、千鶴でもいい。もしくは、響子が気を失うまで延々と嬲るのも一興だ。

滾《たぎ》る欲望を放出することが、島の平和に繋がるらしい。それならば、まずは気になっている女たちと徹底的にやりまくるしかないだろう。時間ならいくらでもある。

これから先のことは、ゆっくり考えるつもりだった。


（了）

＊本作品はフィクションです。作品内に登場する人名、地名、団体名等は実在のものとは関係ありません。

長編小説

後妻《ごさい》の島《しま》

葉月奏太《はづきそうた》

2017年1月30日　初版第一刷発行

ブックデザイン……………………… 橋元浩明(sowhat.Inc.)

発行人……………………………………後藤明信

発行所…………………………………株式会社竹書房

〒102-0072　東京都千代田区飯田橋２－７－３

電話　03-3264-1576（代表）

03-3234-6301（編集）

http://www.takeshobo.co.jp

印刷・製本…………………………凸版印刷株式会社

ISBN978-4-8019-0974-8　C0193